못 부친 편지

못 부친 편지

지금, 우리에게 절실한 편지—

예상하지 못한 코로나19 팬데믹을 맞닥뜨리면서 2020년은 불안과 불신, 공포로 점철되어 지나갔습니다. 사람을 만나는 것도 약속을 잡는 일도 자유로이 할 수 없었고 몸만이 아니라 마음과 정신에도 벽을 치는 습성을 길들이며 상상 불가능한 상황들에 직면해야 했습니다.

그렇게 마음 놓고 서로 만나지 못한 채 일 년을 넘게 보냈습니다.

이 시대에 우리에게는 왜 편지가 필요할까요.
우리에게는 과연 어떤 편지가 필요할까요.
우리는 묻고 싶었습니다.
그리고 알았습니다.
우리는 무슨 말이라도 가슴 저미게 쓰고 싶었다는 것을요.

그리하여
이 시집 한 권 속에는 서늘하고도 뜨거운 편지가
인간 본연으로서의 편지가
시대가 요구하는 편지가
분단 조국에서의 편지가

그리고 사랑하는 연인에게 보내는 편지가
적혀 있습니다.

제목은 '못 부친 편지'이지만 세상 어디에라도 닿을 수
있는 편지일 것입니다.
세상 어디에라도 가닿는 희디흰 눈송이 같은 시편일 것
입니다.

−한국작가회의 시분과위원회

차례

부엉이 편지

강민숙

당신이 계신 하늘에서도
지금 비가 내리고 있는지요.
당신이 떠나던 날
부엉이바위에 비가 내립니다.
비에 젖은 부엉이 울음소리에
우리 울먹이며
부엉이바위 아래 모였습니다.
운명이기에 가신다는 뜻
기리기 위해 우리 이렇게 모였습니다.
운명은 기다림이라는 것을
시간이 흘러서야 알았습니다.
당신이 그토록 그리던 나라
이제 함께 그려 보자고
노랑 풍선 날리며
지금 이 자리에 모여 있음을
당신은 보고 계시는지요.
눈빛이 너무 뜨거워 차마 마주할 수 없었던 당신
사진 속에서나마 당신을 마주 봅니다
모두가 주인이 되어
서로 손잡고 이끌어 주는
그런 나라를 만들어 보라고

맑은 날,
부엉이바위에 홀로 앉아 계시는
당신의 운명
이제야 우리가 알 것 같습니다.

메일이 왔다

오랜만이야
많이 변했을까
잘 지내는지 궁금해

비릿한 단어
그을린 문장
탄내 나는 행간에서
검붉은 혓바닥이
날름거린다

어디선가 탄내가 난다
주방에서 거실로
방에서 방으로
방에서 방으로
베란다에서 베란다로
나는 냄새를 찾아
쿵쾅거린다

팽팽해진 음식물 쓰레기봉투 속 냄새처럼
펜 끝에서 발화된 너의 단내를
나는 마우스로 하나씩 지운다

너는 그날처럼 빵을 태웠다
이메일 비밀번호를 궁금해하는 너의 아내처럼
아이들은
딸기잼과 땅콩버터를 절반씩 바른 샌드위치를
살짝 들춰 본다
아빠, 빵이 너무 탔어요
비밀을 찾아낸 당당한 아이들,

타는 것은 시작부터
냄새 나는 것은 처음부터
완전한 연소를 꿈꾸지만
모든 관계는 항상 매캐하다

망자 김종철

강병철

스물두 살 지방대생

스승의 행운이 화살처럼 주어졌으나 그즈음 나는 고무신 끌고 막걸리 마시는 낭만파 술꾼의 안목이었다 부전공을 위해 그의 영미소설 듣다가 조지오웰 '위건 부두로 가는 길' 독후감으로 B학점 받았던가 검은 탄가루 뒤집어쓴 노동자들에게

'아랫것들은 냄새가 나'

쇼킹한 문장 선물로 담으며 입영 영장 받은 게 '신의 한수'이다 초성리 어디쯤 교육사단 지옥 복무 내내 '아랫것들' 부적 붙이며 단내 나게 박박 기었고

개나리 노란 빛깔 하늘로 번지던 복학생의 봄

이은봉 류도혁 김영호 등의 문청들 그와 막걸리 나누는 소문 부러워했으니 늦깎이 머리가 깨어나긴 한 걸까 그러거나 말거나 낯가림으로 빙빙 돌면서 먼발치 그림자 훔쳐보며 방싯방싯 웃었다 대흥동 흐릿한 술청 오줌 누는 그림자만 만나도 심장이 유리창처럼 쨍그랑쨍그랑 터졌다 신군부 음험한 폭정 시국은 터널처럼 어두웠고 우리들은 태양처럼 젊었다

윤중호의 '들불기획' 합정동 모퉁이

이마빡 조근조근 비벼대던 코앞의 편집 상의하던 벗의 풍경이 두근두근 부러웠다 그가 곁눈질 돌릴 때마다 머리가 물동이처럼 흔들렸으니 나 혼자만의 짝사랑이었을까 내 심장에 총구를 겨누면 총알이 관통할 때까지 당신의 눈빛 마지막까지 순종으로 바라보리라 옥탑방 천장으로 그의 몸 풍선처럼 둥둥 떠올랐으나 사랑의 꼭짓점 끝내 맞추지 못했다

　그를 따르던 벗들 모두 통곡으로 진동할 즈음 나도 스크럼에 끼고 싶어 모퉁이에 이마빡 비비던 우울한 풍광이다 먼저 망자가 된 윤중호 상갓집이었던가 스승께서 새빨개진 중년의 눈동자 호오호 불어 주며
　'강 선생의 시는 자기 이야기야'
　그 문장만 수십 번 되씹으며 겅중겅중 웃는 것이다 그가 구천에서 껄껄 웃는 풍경 떠올리며 나 혼자 희망의 끈 굼벵이처럼 붙잡는 중이다 분하다

허공에 띄운 편지

강수경

단양 석문을 마주하고
세상에 없는 당신께 편지를 씁니다

순하고 착한
순하고 여리고 착한
내 순하고 여리고 착한

혹여 언짢아질까
혹여 상처받을까
혹여 힘들어질까

칼바람 맞고 헤매다 돌아온
꽁꽁 언 조막손 맞잡아
더운 입김 불며 비비고
얼어붙은 마음
발그레한 콧잔등도 볼도
당신 얼굴 맞대어 말없이 데우시던 할머니

화롯불에 끓는 된장찌개 냄새
방 안 가득 번지고
아랫목에 묻어 둔 따스한 밥 한 그릇,

그 어떤 추위도 견딜 수 있는 힘을 주신 당신

둥글게둥글게 넘나드는
저 허공의 문으로
오랫동안 가슴에 묻어 둔

차마 못 부친 편지를 띄웁니다

리라(lyra)

강순

아주 급한 이사 나가느라
방 안에 번개탄 피워 놓고 단출하게
너는 드디어 이 행성을 탈출했구나
지구에서는 연주를 더 이상 멈춘 악기

거기 화성 날씨는 어떠니?

네 숙소를 처음 본 경찰관은
이런 종류의 행성 이동 방식을
비관 자살이라고 단정 지었어

지구가 그토록 버거운 별이었다면
버튼을 누르기도 전에 먼저 튀어오르는
어둠 속 풍문들 때문일 거야

이혼한 아내와 두 아이들
잠시 인연이었던 사람들이
주렁주렁 매달고 다니다가
주머니 속에 불쑥 던져 주는 풍문들
떼어내지도 버리지도 못해
타임머신에 함께 태웠네

화장터 근처 공원 한구석
슬픔의 냄새를 가장 먼저 풍기는 라일락나무 아래
지구의 바람 냄새를 마지막으로
너는 비행 버튼을 조용히 눌렀네

풍문들이 괴물처럼 자라나
영혼의 절반 이상을 먹어 치울 때
그 찰나가 못 견디게 무서운 사십대 남자가
지구에서 세운 모든 벼랑을 유서 한 장에

미안합니다 행복하세요

가장 짧고 쉬운 음률로 남긴
내게 보낸 음악을 해독하지 못해
나는 네 타임머신을 제때 놓치고 말았어

너는 통곡을 애가 마르게 내는 악기
메소포타미아를 출발하여 아폴론의 손을 거쳐
공명상자 속에서 홀로 울음을 증폭시켜
협곡에서 묻혀 온 위악들을 다 버리고

이제 속 편히 행성 이동 중이구나
사랑한다는 말은 고대어라서

못 부친 편지

죠지! 얼마나 억울한가요?
저 푸른 하늘로 구름과 바람으로
자유롭게 날아간 새 한 마리

마흔여섯의 나이로 직장도 없이 살던 죠지
단돈 20불 위조지폐 사용 혐의로
경찰이 짓누르는 무릎에 숨통이 막혀
스무 번 넘게 숨 막힌다고 호소하다가 죽었지요
이제는 편지가 가지 않는 땅에서 훌훌 털고 있나요?
살아 있는 울음들이 가슴을 울릴 것입니다

오래전 날개가 돋은 줄 알았어요
이젠 자유롭게 날아도 되는 줄 알았어요
그러나 아직도 빗소리, 천둥소리가
공중을 떠도는 구름 속에서 들려요
그곳엔 정당한 법칙이 없나요?

앉은 자리 양보 좀 안 한다고
대낮에 백곰이 흑곰을 후려갈기던 날처럼
창밖의 빗방울 소리가 말합니다
뚜 두둑! 유리창을 두드리며 구슬프게 우네요

백곰들이 노니는 거리에는

멀리서 가까이에서 사람들의

폐부를 찌르고 흔들며

흑곰들이 통곡하기 시작했지요

그 울음소리 따라 하늘에선

번개가 치고 천둥이 울려 퍼졌어요

우리는 붉은 피를 지닌 자들입니다. 죠지!

저 하늘과 바다, 나무, 자연이 공존하고

난 지구의 반대편에서 그저 묵념하며

제 세상에서의 안녕을 빌 뿐이지요

오직 흑과 백의 존엄성이 이코르가 되기만 바라면서

부치지 못할 편지만 꾹꾹 눌러 쓸 뿐

내 일기장에 기록으로 남겨 두네요.

지독한 COVID-19에, 2020년 9월 17일 8시 45분

밥벌이 독경

강영환

다비식도 없이 재로 떠난 무지 스님
독경 소리도 끊겼다
스님 독경은 소리가 좋아
이 절 저 절 불려 다니며 염불해 주고
밥과 잠자리를 해결했다
스스로 밥벌이 독경이라고 불렀다
스님이 아는 것이라고는
일주문 열어 두지 않아도 찾아와 주는
생강나무꽃 향기나
껍질 벗고 집 떠나는 상수리알 같은
흔히 만나는 무지렁이 불자들뿐이었다
배운 것이 없어 아는 것도 모자란 스님은
경전 외우기에는 도가 터져
이골이 나도록 경전 숲을 드나들어서
눈 감고도 못 외는 경전이 없었다
스님이 쳐내는 독경 소리에
숲속 새들도 노래를 그치고
풀벌레도 짝짓기를 멈추었다
다만 숲을 지나는 철없는 바람이나
개울에 흐르는 시냇물이
눈치도 없이 시시로 독경을 타고

사바세계로 소리 내 흘러갈 뿐

미물이라도 숨이 붙어 있다면

밥벌이로 하는 독경 앞에

옷깃 여미고 자리를 양보했다

사리 한 알 남기지 않고 스님은 떠났지만

독경 소리에 꽃을 피운 나무들이 산에 지천이고

껍질 깨친 새들이 숲에 남아

밥벌이 독경을 넘치게 하고 다녔다

우동과 체스와 바다

강윤미

일요일마다 우동을 먹었다
우동을 먹어야 할 이유는 없었지만 쉽고 간단한 우동
이 일요일엔 제격이었다
우동 국물이 떠오를 때면 일요일의 냄새가 났다

일요일마다 체스를 했다
부루마불은 허황된 꿈을 갖게 했고 카드는 규칙을 모
른다
체스는 그럭저럭 가만히 손만 까딱하면 됐다

일요일마다 검은 바다를 생각했다
화장할 필요가 없는 일요일엔 바다의 민낯을 떠올렸다
깊게 차오른 바다의 검푸른 살결을 만지고 싶었다

일요일의 식탁엔 우동 그릇이 있다가 체스판이 있고
한 번도 본 적 없는 곳의 검은 바다를 막연히 그리워하
는 마음이 있다

식욕을 채우는 것은 식상한 일과여서
일요일의 의자엔 일요일 대신 일요일의 애인을 앉혔다

검은 바다를 국자로 풍덩 떠서 우동 그릇에 담고
체스의 말을 길게 늘어뜨려 일요일의 면을 만들면
일요일의 식탁은 식탁보를 바꾸고 새로운 꽃으로 몸을
치장했다

일요일의 애인은 검은 바다를 흡입하면서
일요일의 시체를 생각했다

아무것도 할 수 없는 저녁이 오고 있었다

오늘도 편지를 쓴다

주소를 모른다, 누구도 그 주소를 알려주지 않았다
부치지 못한 편지는
내 안의 서랍에 봉인한다

나의 외투는 외로움으로 직조된 것
쓸쓸함을 걸치고 바람에 기대어
오늘도 편지를 쓴다

보고 싶다 그립다로 씌어진 편지
한가위, 이런 날은 휘영청
달 속에 묻어둔 말을 끄집어내어 본다

얼굴도 모르는 아버지
홀로 버티다 눈감은 어머니
파라다이스를 그려 주고 떠난 첫사랑

부치지 못한 말들이 내 어깨를 다독인다

너럭바위에 눕는다
갈참나무 물푸레나무 산오리나무가 나를 에워싼다
곤줄박이가 날아와 재잘댄다

나뭇잎 흔들며 하늘이 나를 들여다본다

소나기는 달려가지 못하는 심정을 눈물로 띄운 편지라고

나는 그만 하늘에 대고
펑펑 울음을 던졌다

사리포

고운기

우리는 지는 해가 노을을 만들고
단골처럼 밀려온 물이 조금씩 해안으로 파고들자 손잡
았고
묵은 갈대가 몇 겹의 소리를 내는 해변의 나무 그늘이
라 입 맞추었네

시절이여,
가을 햇볕에 봄꽃이 핀다
한두 송이 겨우 붉은빛 따라와 선선이 바람에 붙들렸다
더라

다시 오지 않을 노래야 찾아 나서지 않을 테다
그대의 빈집에 소식 전하지 않을 테다

닻을 내린 낡은 배가
쉬어 가자 마음 맞은 저녁의 등불을 내거는
여기는 옛 포구

소인(消印) 없는 편지

고찬규

젊은 날의 옹송그리던 그림자 위로
뜨겁게 고이는 눈물 위로
눈발이 날린다 연막처럼
일제히 일어나
바닥에서 벽에서 거리에서
그날을 향해 몰려들어
불꽃이 되었던 날들
그저, 그리운 나방이 되어 타들어 가면
목을 졸리운 알전구 속이 아니어도
너와 나에겐 움켜쥘 한 줌의 공기도 없었고
필라멘트처럼 바알갛게 달아 있는 건
우리의 숨결이었지
어느덧 소음이 잦아지고
셔터도 굳게 입을 다물었다
바람이 불어 간다
희미한 외등이 제 몫을 밝히고 있다
햇살을 그리워하는 것들과
반주는 끝이 났어도
전주 없는 노래를 다시 청한다
멈추었던 노래를 불러 본다
이번엔 시작하는 음을 낮게 잡는다

처음부터 목청을 높이고는
끝까지 마저 부르지 못한다는 걸
어렴풋이 알게 된
사랑 안의 조그만 것들
다시 꺼내 본다, 그리운 사람아

금강산 해설원에게

공광규

2004년 4월이었던가
맨발로 내금강과 해금강을 마구 오가며
소나무와 전나무를 안아 보기도 하고
계곡에 발을 담그고
바위에 누워 보기도 하던 마흔다섯의 사내를
기억하실는지요?
세존봉 위에 눕던 구름을 한참 바라보다
흰 물거품 위로 떨어지는 개복숭아꽃을 안타까워하던
아랫동네 사내를?
버들개지 막 피어나던 모란각이었던가
개울 건너 바위취를 보러 가다 첨벙!
물에 빠져 포기하고 돌아와 50도 금강산 도토리 술에
취해
털게와 소라 안주를 마구 내오라고 소리치던
마흔다섯의 사내를?
햇살을 받아 희고 따뜻해진 옥류동 바위를
엉덩이 만지듯 정성스럽게 체온으로 더듬던
생강나무꽃이 시드는 삼일포를 걸을 때
무성한 진달래꽃에게 입을 맞추고는
양지꽃과 노랑제비꽃을 쪼그려 앉아 한참 바라보던 사내
금강제비꽃은 어디 있어요?

물었던 마흔다섯의 사내는 지금
회갑에 이르러서야 서사시집 금강산을 냈답니다
시집 속 해설원은 당신을 상정한 것이어요
빨간 금강산 단풍나무 색깔로 장정한 시집
이렇게 포장을 잘 해놔도
제기랄! 남북간 북남간 도서 반입이 불가하다니
당신에게 부치지 못하는 소포가 되겠어요

한 방 피우웅~

곽구영

너와 나 멀어진 지 오십오 년, 새천년 유월 십오일에
아랫녘 윗녘 두 사람이 역사적인 악수를 했잖소 우리끼리
이룹시다 했잖소 햇볕 같이 쬐자 했잖소

강산이 두 번 울고 스무 해가 지나도
양녀믄 작심 족쇄를 조이고
되녀믄 누런 주먹을 흔들며
섬녀믄 널름널름 혓바닥 내미오

열여덟에 널문리의 새봄을 맞고
우리 스무 살 불잉걸 청년이 되었잖소

너와 나, 팔천만의 간(肝)
일억육천만 주먹을 펼쳐
오,
제발 간 좀 보자구요

족쇄를 부수고
주먹을 쳐내고
다비 떼 인두(咽頭)를 조선 인두로 확,
넘들 간 좀 보자구요

네 개의 눈이 내려보며 흘겨요

Korea 미리내가 밤하늘에 흘러요

우리 악수 박수하자구요

흙을 키우고

바람을 피우며

온통 해바라기 즐기자구요

번개 번쩍!

회심의 한 방 피우웅~ 날리고는

그리움을 그리기만 하다가

곽동희

사랑합니다,
지칠 줄 모르는 꼬마 여행자
채마밭 사이로 구슬피 방울벌레
긴 꼬리 노래 들으며
안녕하시죠,

꿈에서 만난 대궐 같은 큰 집 안에
웃고 계셔서
허리께쯤
만져 보고 싶어
깨지 말았으면,

무릎을 꼬집다 침 꼴깍 삼켜 버렸어요
좋은 일이 있을 테니
잘 살아 주라는 생경한 말씀의 유산,

빵 굽는 냄새 나는 엄마 얼굴에 입맞춤
망해사[01] 코스모스는 올해도 하늘하늘 피어
철부지 다녀갑니다,

손때 묻은 휴대폰 만지작만지작

저장된 추억만이 눈시울 붉어진 놀빛에 묻어
아리도록 점점이 떠오르다가
털털하고 덤벙대다
지갑에 넣어 두고 다니다 잃어버렸어요.

고이고이 챙겼다 사라져 버린 슬픔의 언저리
쓰린 가슴 끌어안아 주던 눈가,
빛바랜 사진첩 속 흐릿하게 웃는
무서리 이후 말간 얼굴 그려 봤어요.

허투루 흘려보냈던 시간의 층이
조금씩 지워져 엷어져 가고
촉촉이 젖어 있던 단단함이 누그러지고
아쉽고 아련하여서

사랑합니다, 쓰기만 하고
그리움을 그리기만 하였어요.

가슴 깊숙이 묻어 둔
어머니, 아버지 세 글자만 떠올리면
와락 눈물이 번져

애틋하고 찡한 눈빛, 애잔한 걸음마다
부치지 못한 안부를 내려두고 왔습니다.

01 전북 김제 진봉산에 있는 절

꿩의다리 하늘편지

권성은

너무 맑은 가을 하늘에겐
이제 더 이상 편지를 쓰지 않기로 한다

꿩의다리가 얇고 긴 다리로
보폭을 늘리며 햇살 행간 건너는 것을,
바람이 흰 구름 데려다 연신 여린 맨발을 쓰다듬는 것을
편지라고 말할 수 있을까

햇볕 쨍쨍한 여름 하늘 건너 저 가을 하늘까지
내리쬐는 소나기 질문들을,
여린 초록 잎새들 모두 매달고
비바람 불어대는 하늘 길 걷고 걷다
허공 낭떠러지를 만나던 아찔하던 그 순간을
어떤 편지에 담을 수 있을까

행상 나간 유년의 어머니, 머리 위에 무거운 다라를 이고
종일 걸었을 그 다리와 발은,
그 모습 먼발치에서 보고 선뜻 달려가지 못해
열두 살 내 두 다리 엉거주춤 망설이던 그 순간은
어떤 종류의 편지였을까

별이 오지 못하는 밤에도 가지 맨 끝 꽃잎에
출렁이는 향기를 매달아
기어이 하늘 길 위에 풀어놓은 저 말은
훤히 보여도 읽지 못하는 푸르고도 캄캄한
대낮의 문장들

생은 아득한 슬픔마저도 환한 기쁨인 것을
차마 말하지 못하고
오늘 쓴 편지는 아무에게도 부치지 않기로 한다

겨울 자작나무

먼 기적 소리
하늘로 오르고

잊은 듯
바래지는 얼굴
기억 속으로 멀어져 간다

얼마나
오래 머물렀던 그리움이던가

눈부신 햇살에
투명해지는
메마른 가슴

시린 입김을 따라
전하지 못한 안부를
창공으로 띄워 보낸다.

눈물이 말라 버린
부치지 못한 편지
마디마디 상처를 새기고

긴 숨을 품는다

장마, 그리고 빗길

권태주

그녀는 이별의 눈물을 쉼 없이 흘렸다
칠월 칠석날 오작교에서 만난 두 연인
헤어짐이 너무 서러워 뒤돌아서 흘리는 눈물
인간계에서는 장마다
노아의 홍수인 양 50일이 넘게 내리는 장맛비
기후의 역습 자연재해라는 용어가
방송과 지면 SNS에 흩날리고
홍수를 피해 살고자 지붕 위에 올라선 한우 사진
몇 마리의 소들은 높은 산 암자까지 올라가서 뉴스를
탄다
언제쯤 장마는 끝날까
아침 출근길 쏟아지는 폭우는
와이퍼의 왕복 운동으로도 앞을 분간하지 못하게 한다
비상등을 깜박이며 앞으로 나가는 차들
세상이 온통 빗물과 구름일 뿐이다.

풀이 이긴다

권혁소

산골에 잘살기 위해서는 먼저
풀에게 지는 법을 배워야 하는데
이기는 법만 배워 온 나는 오늘도
제초제를 들었다 놨다 안절부절이다

좋은 식재료는
크기가 들쭉날쭉하고 더러 구부러지거나
벌레가 먼저 한 잎 깨물기도 한 것인데
너 나 할 것 없이
아파트처럼 생긴 채소를 좋은 것이라 우기니
우리 마을 유기농군 우현이 아빠는
그런 사람들 싸잡아 헛똑똑이라 한다

끝내 풀을 이기는 마을 본 적 없고
앞으로도 그럴 것이다

초록별을 응원하기 위해
빈 차를 타고 먼저 출발한
녹색평론 김종철[01] 선생은
알콩달콩, 풀들과 열애 중이시겠지

01 1947~2020.6.25. 생태평론가. 《녹색평론》편집인.

체 게바라에게

권혁재

북극성이 더욱 크게 보이는 밤하늘입니다. 주위의 작은 별들은 나의 처지같이 흔적도 없습니다. 가끔 조명탄이 솟아오르고 예광탄도 탄도를 그으며 야자나무 숲으로 사라집니다. 당신이 그리울수록 적들의 기습이 늘어납니다. 당신 냄새가 나던 손수건도 이제는 피비린내와 화약 냄새로 배어 있습니다. 산 아래로 작은 당신의 집이 보여도 나는 돌아갈 수 없습니다. 지뢰를 밟은 그믐날 이후부터 나는 더 이상 보름으로 갈 수 없습니다. 당신에게도 가지 못합니다. 당신이 마지막으로 땅콩죽을 먹은 아침에 나는 당신이 쓴 시를 이별하듯이 읽었습니다. 행간 사이에서 묻어나는 당신의 깊은 고뇌에 밑줄을 치며 살아만 있으라는 애틋한 기도도 해 보았습니다. 죽음에 기별이 있다면 한 번 더 따뜻하게 안아 볼 수도 있었겠지요. 내 아득한 마음이 더 좁여서 그런지 오늘도 북극성이 밝게 빛나는 밤입니다.

새벽부터 저녁까지 의지하고 있던 것 권현형

좋아하는 소리가 들리면 뒤돌아보게 된다
그쪽이 맹목의 출구이므로, 식물의 눈이 돋아나는 곳
이므로,
작고 까만 씨앗의 심장이 두근거리는 소리를 듣는다

저녁부터 새벽까지 의지하고 살았던 건
종이에 가까운 책
꽃잎에 가까운 고양이
그리고 맛있는 한 방울의 고량주

창백한 약속 때문에 자주 뒤돌아보게 된다
떠난 후에 말하므로 영원히 들을 수 없는
고백 때문에 끝까지 살아남게 된다

살아남은 자가 할 수 있는 일은
물리학자처럼 고민하는 일
기차나 버스의 출입문을 여닫을 때마다
천천히 여행하듯 천천히 고민한다
길 위의 문은 손잡이를 어느 곳에 달아야 오래 견디나,

물리에 따라 손잡이가 천천히 닳길 바라며

신경을 쓰는 것은 이번 생에 대한 애정
신경을 끊으면 모든 것이 끝난다

짐칸에 트렁크를 실은 순간부터
다른 무엇의 일부 혹은 전부가 된다
커다란 유리창 너머 거리의 한가운데
나와 닮은 그림자가 홀로 서 있다
좋아하는 소리를 듣길 바란다

우리를 살아남게 하는 연약한 것들은
불가능한 약속
책에 가까운 종이
고양이에 가까운 꽃잎

봄, 코로나

권화빈

－春來不似春

식탁에 멸치 두어 마리 꺼내 놓고
홀짝홀짝 끊었던 소주를 마신다
고개 들어 창밖을 바라보면
하루 종일 텃밭에 갇힌 봄
노랗게 싹을 틔우던 산수유도
그만 부르르 몸을 떤다
내려다보던 구름도 발걸음을 멈췄다
텃밭 너머 사과밭 흰둥이도
흰 꼬리를 내리고 짓지 않는다
멈춰라, 봄
내년에 다시 오너라

탁, 들었던 소주잔 내려놓는다

그런 밤

김경희

라이브 카페에서
저녁을 먹고 나오는 길은
익모초 숲길이었네
네가
혹은 내가 버린 말들이
물안개를 만들며
강 아래
깊이 소용돌이치고 있었네
서로의 말을 감춘 차 안은 얼마나 서늘한가
에어컨의 찬기가 스며든 침묵을
다독이며
너는 가끔 서툰 말로
내 안을 달래려 애쓰지만
내 말은 언제나 익모초즙 같아
네게도 내게도
편칠 않네
조용히 들숨과 날숨을 엇가르며
힘들어하는 동안
강은 모질게도 길었네
풀숲 안개범벅인 몹쓸 길
저녁은

이미 예전의 저녁이 아니네
불빛 비틀거리는
발랄하지도 더는 새콤하지도 않은
그런 밤을 아네

사랑하는 아버지

김광렬

아직은 추위가 덜 가신 이른 봄
선배가 좀 아프다 하여 집으로 찾아갔지요
선배는 마침 볕 따사로운 거실 소파에 누워
곤히 잠들어 있었어요
막 뜰로 들어서던 나는
유리창 너머로 언뜻 보고 말았지요
선배의 어린 아들이
아버지의 몸에 홑이불을 덮는 것을

가슴이 뭉클해서 그 자리에
나무처럼, 나무처럼 꼼짝 않고 서 있었지요
곧 눈치챈 아들이 아버지를 깨우려는 것을
손사래와 눈짓으로 조용히 말리고
말없이 그 집을 나왔지요

돌아오는 내내 그 아이의
그 따뜻한 눈길이 눈에서 지워지지 않았어요
나도 아버지에게 다사로운 눈빛 한번
건넨 적 있었던가 하고
옛날로 거슬러 올라가 보았지요
하도 부끄러워

아무도 나를 알아보지 않기를 바라며
고개 숙인 채 가만히 집으로 돌아왔어요

녹슨 꽃

김균탁

버려둔 것들은 오열하는 습관이 있다
오랜 기억 하나가 낡은 부표처럼 떠올랐을 때
나는 꽃에 관한 기록 중
다섯 번째 줄을 읽고 있었다

그곳에는 달빛을 삶아 먹고
복수가 차오르기 시작한 눈물이
떠난 사람들이 두고 간 일기의 오열처럼
행갈이도 못 한 채 어지럽게 흩어져 있었다

눈물에 젖은 꽃은 질 수 없어 녹이 슬었네, 로
끝나던 마주선 계절에게 자리를 내주고
서서히 사라진 날씨 같은 문장
그 한 줄이 버릇처럼 아파 책을 찢었다

찢어도 다시 피어나는 꽃잎
낡은 청바지의 밑단같이 허름해진 책은
낮 열두 시 무렵 뜨겁게 달아오른 체온처럼 날아가고
바람은 오와 열을 맞춰 목메어 울었다

소멸이 두려워 계절을 건너고 싶던 꽃

기다리다 지쳐 몇 개의 계절을 운 문장

조각난 페이지 오열에는

녹슨 꽃이 가지런히 피어 있었다

연민과 사랑

김동환

골목길 모퉁이를 돌아가다
미처 피하지 못해
떨어진 능소화를 밟다

이 비탈진 긴 골목에
뿌리박고 살아가는 목숨들
피고 지는 것이 어디 꽃뿐이랴
그 무엇이 있어
개미는 긴 행렬을 이루어 가고
이름 모를 풀들은
하수구에까지 뿌리를 내리는가
우리네 삶에는 무엇이 있어
붙들고 매달릴 그 무엇이 있어
인간은 때로 그리 모질고
상처 입은 자리마다
다시금 생살은 돋아나는가
어디선가 바람은 불어
하수구 냄새 꽃향기 함께 오는데
더불어 실려 와야 하리
사는 날까지 사는 날까지

여뀌꽃

김두녀

빈 들판
무서리를 밟고 달려온 소슬바람이
개울가 여뀌꽃을 흔드는 오후
당신의 소리에 귀 기울입니다

늦가을 개울가 빨래터에 발갛던 손
그리움이 고개를 들어
당신 닮은 여뀌꽃 한 줌 따다가
식탁 위에 올려놓고 바라만 봅니다

수줍은 미소 발그레한 얼굴로
허리 휘도록 집 안팎을 서성이던 모습이
오늘따라 더 고운 건
뒤돌아보는 나의 길 위에
오롯이 서 계시기 때문입니다

당신 살아생전에는
뭐가 그리 바빠 앞만 보고 달려왔는지
어느덧 석양에 누운 그림자
되돌릴 수 없는 강물 되어 앞을 가로막습니다

발갛게 젖은 손 어머니
당신은 아직 곱습니다

사랑합니다, 어머니!

바그다드 카페

김두례

얼마나 더 가면 바다가 보일까

발소리 소란한 생선 냄새 진동하는 시장에도

내가 찾는 바다는 없었다

젖지 않은 새들의 날개가 골목을 벗어나 얼음이 녹고
있는 눈길을 지난다

눈보라는 바람의 언어를 타전하고

우리의 목소리는 담길 듯 담기지 않는다

서쪽으로 향한 문은 열려 있지만

바다로 가는 길이 절벽에 걸쳐 있어

노을은 찾아오는 길을 잊었다

나뭇잎들도 바닥으로 다 떨어져 있어

산으로 오르는 길도 막혀 있다

백화점 쇼윈도가 벽으로 느껴질 때

처마를 맞댄 집마다 켜진 등이 따뜻해 보이듯

이야기를 풀어놓을 바그다드 카페로 가는 길

어제의 내가 따라붙는다

사람들의 발자국이 보이지 않는 바다는 노을의 길목에
있을까

흩날린 함박눈은 길 위에 길이 되고

바퀴 자국도 나지 않는 리듬을 타는

버스는 시간처럼 사라진다

나를 스쳐 지나가는 뜨거운 마른 바람

어느새 진눈깨비 붙는 어둠이 막막한 겨울

내 안으로 깊이 들어가는 길

하나둘 불빛이 커지는데

새가 앉을 나무가 보이지 않는다

강변여관

김명기

이른 봄 먼 여관에 몸을 부렸다
움트지 못한 나뭇가지가
지난겨울 날갯죽지처럼 웅크린 저녁
피는 꽃 위로 어둠이 포개지고
마냥 흐르는 물결 속으로 달빛이 스민다
모든 게 한번에 일어나는 일 같지만
오랜 생을 나눠 가진 지분들이 서로 허물을
가만히 덮어 준다 경계를 지우며 살 섞는 시간
낯선 세상에 와 있다는 건
욕망의 한 부분을 드러내
무던히 참았던 육신을 들어내는 일
시시해 보이는 창가 의자에 앉아
허물을 격려하지 못해 멀어진
사람들을 생각한다
잊어버린 주문처럼 쓸쓸한 이름
가끔 누군가도 나를 떠올리는
측은한 저녁이 올 테지
허물 대신 온기 없는 낡은 침대와
살을 섞으며 시든 불화의 목록에서
견디지 못해 그어 버린 경계를
그렇게나마 지워 보는 것이다

어떤 고백을 놓치다

김명지

이명으로 잠 못 드는 밤
바람이 들어앉았다

귓바퀴 속 동굴 켜켜이 깃든 소금 소리
듣고 싶은 말을 밀어내려고
바람은 가장 깊숙한 곳에 또아리를 틀고
밀려난 문장 사이 쪽대[01]를 세웠다

누구도 짐작할 수 없는 골짜기
마지막 쪽대에 매달린 방울 하나
바람과 맞장구치는 파도 등에 업혀 파랑을 몰고 온다

나는 모로 누워
뭉친 솜을 귓속으로 밀어 넣는다
솜뭉치마다 소금물과 물벼룩이 잠겨들고
새벽에 닿도록 듣고 싶은 말 대신
소금 냄새 가득한 바람만이 들락거린다

당신에게 전하지 못한
그 말은 세상을 떠난 말이었다

01 '족대'의 강원도 방언

극복의 힘

김석주

넘어야 한다. 높고도 가파른 고개
이 아프고 험한 고개 또 넘고 넘다 보면
굽이굽이 인생고개
이 또한 정겨워지느니 고갯길
높고도 막막한 고비마다
넘고 또 하나둘 넘다 보면 흥얼흥얼
콧노래가 나올 때도 가끔씩은 있음이니
우리 삶의 아주 신비로운 극복의 힘이요
환희의 서곡이니, 금의환향
복된 길은 그리 또 다독여지는 것이니
캄캄한 인생고개, 또 한 고개 넘다 보면
우리들의 화려한 삶의 터를 만나게 되느니
최후의 승리자가 되게 함이요
넘치는 사랑과 평화의 땅을 만나게 됨이라
아쉽고 분노할 일도 없게 되느니
그런 당당한 사람이 되어 소망 다 이루게 되느니
고개 이 높고도 막막한 인생고개
넘고 또 굽이굽이 넘고 또 넘다 보면

달이 표류하던 이유

김송포

차 안은 큰 소리로 울기 좋은 곳이다
말놀이에 희희낙락하던 중 눈치채지 못했다
바람이 양쪽의 다리를 잡고 있는 동안
어깨가 흥얼거리고 허리는 팔에 감겨 있다
마음은 섬에서 달래고 몸은 육지에서 달랬던 것,
유리창 안의 뜨거운 장면이 달에 반사되었다
핸드폰을 열지 않은 사십여 분은 불을 피우기 충분한
시간,
1의 숫자가 없어지는 순간 양쪽에서 전화벨이 울린다
확인은 두려운 감옥이다
확인하지 않을 때 거짓말이 유효한 것
변명을 변명답게 하는 입술,
요정은 누구라도 용기 있으면 들어가는 것
섬은 배를 타야 갈 수 있고
육지는 마음먹으면 달려가서 헤집을 수 있는 곳
양쪽의 다리가 얼마나 무거웠니
짓누른 다리의 쾌감을 알았니
이젠 걸치지 마라.
한 발 들고 오줌 누는 개처럼
확실한 달의 영역을 표시해라

아직 가만히 놓다

김수목

개나리꽃 흐드러진 날에 친구는 갔다

들어갈 수 없는 중환자실 복도를 지날 때
잠깐 열린 문을 지나칠 때
친구의 침대에 삐죽이 나와 있는
작은 발바닥을 보았어
아주 작고 앙증맞았지

친구는 가기 전에 영정 사진을 골라 놓았다고 했다
자신이 죽은 후에 살아 있는 사람들이 볼 사진을 고르며
제일 예쁜 걸로 골라 달라고 했단다

장지는 외롭지 않게 붐비는 곳으로 택했단다
너무 외로워서
죽어서라도,
모르는 사람들이라도,
자주 스치는 그런 곳으로 정해 달라고 했단다

온몸이 보이지 않을 정도로
주렁주렁 주사 줄을 달고서

고통 너머 고통까지 간 다음에야
서서히 세상과 잡고 있던 손을 놓았단다

나는 아직 친구의 손을
잡아 보지 못했는데
아직 못 부친 편지는 손안에서 구겨지는데

갈칫국

김수열

돗거름[01] 내는 날이면 어머니는 으레 갈칫국을 끓였다
책 보는 사람 찾아가 택일을 하고
동네 남정네들이 와서 수눌어[02] 돗거름 내는 날이면
갈치 토막 내고 늙은 호박 투박투박 썰어
새벽 조반부터 갈칫국을 끓였다

동네 삼춘들이 갈중이[03] 차림으로 집에 오면
아버지와 삼방에 둘러앉아 갈칫국을 먹었다
담요로 정성껏 싸맨 항에서 오메기술 꺼내고
국사발마다 두툼한 갈치 한 토막이 들어간
갈칫국을 먹는 동안

"아이덜은 궤기 안 먹는 거여"

어린 우리는 반지기 낭푼밥 앞에 놓고
정지에 멜싹 앉아 어머니와 갈칫국을 먹었다
갈치 없는 갈칫국을 먹었다

우리도 얼른 커서 통시에 돗거름을 내고 싶었다
삼방에 앉아 오메기술에 갈칫국을 먹고 싶었다
두툼한 갈치가 들어간 갈칫국을 먹고 싶었다

빨리 어른이 되고 싶었다

01 품앗이하다(제주어)
02 덧거름. 농작물에 첫 번 거름을 준 뒤 밑거름을 보충하기 위하여 더 주는 비료
03 감물로 염색한 작업복(제주어)

詩詩變移 김수우

꽃을 배달하는 당나귀가 길 잃은 카프카처럼 내게로
왔다

제 몸 흙과 내 몸 흙이 함께 느티나무를 키웠던 적 있다

저 안부들, 햇빛 게우는 꽃부리들 송이송이 붉다

늙은 동상 뒤꿈치 청동꽃처럼 오래 숙성된 눈물 한 송이

한 발짝 어긋났는데 긴긴 미로를 걷고 있는 고독 한 송이

쥐부스럼 긁으며 목각인형을 깎는 아프리카 한 송이

피어나고 피어나고 피어나던 안부들, 어린 당나귀가
싣고 왔다

내 안 바람과 제 안 바람이 같은 바다 위를 불었던 적
있다

사하라 낯선 마을 담벼락에 서 있던 어리석음 그대로

우두커니, 우두커니

녹슨 닻을 내린다 억울한 꿈들, 끝까지 꾼다

연통

김시언

울림통 큰 악기 소리가 들린다

창고 벽을 따라 길게 놓인

속 까만 난로 연통

우우우 – 우우우 –

그을린 속내 불어내고 바람길 냈다

어머니가 쓰러져 요양병원 있는 동안

한동안 찾아뵙지 못한 아버지

연통을 넣었다

먼 길 돌아와 울렁이는 바람 소리로

안부를 묻는다

지금 나의 지구는

김양희

새끼 뱀이 짧은 소로를 만들며 지나갑니다
살 오른 쇠살모사가 눈앞에 나온들
이순(耳順)과 나란히 걷는 숲길이 아득할 뿐 놀라지 않
습니다
오름 능선을 향해 날아오르는
산꿩의 청보라 꽁지가 햇살에 걸려 푸드득, 부서집니다
날카로운 칼날에 베인 듯 아려 오는 비상(飛上)의 소리
나는 몇 번을 날아오르고 또 몇 번이나 넘어졌을까요
희끗희끗 바람에 휘어지는 억새꽃 물결
찬 이슬과 서리 얼마나 맞아야 하얗게 다 피겠습니까
태양이 지구의 가을을 지나는 동안
숲의 키 큰 나무들이 일제히 저음의 첼로를 켤 때
비탈의 나무들도 같은 소리를 내야 하나요
키 작은 나무의 걸음으로 통통 피아노 건반을 두드려요
비워지고 가라앉는 메마른 가을의 현 사이로
가끔씩 물방울 선율들이 반짝 튕겨 나올 때
아직 푸르게 자라는 중입니다 지금 나의 지구는

택배기사 부부

김영언

늦은 어둠 속으로 달려온
화물차 문이 화안하게 열리고
굳은살 코팅된 면장갑을 끼고 나타난
젊은 택배기사 부부

그들이 마주 들고 있는 것은
무거운 짐이 아니라
잠시 가쁜 숨을 고르는 사이마다
서로의 눈빛을 은밀하게 맞추며
가지런히 흰 이를 드러내고 건네주던
싱싱한 미소였네

그들의 걷어붙인 팔소매에
축축하게 배어 있는 것은
피로에 지친 땀이 아니라
말없는 위로의 말을 건네며
서로의 이마를 훔쳐 주며 적신
근육질 사랑이었네

그들이 배달한 것은
편리하게 구매한 일상이 아니라

남루해 보이는 어둠 속에서

오히려 더욱 밝게 달려온 별빛처럼

싱그럽고 건강하게 배송되어 온

꾸밈없는 삶이었네

아우내[01] 편지

김완수

길 잃은 듯 어느 거리를 헤매다가
시끌벅적한 시장으로 들어왔습니다
마치 시대의 길목에 들어선 것처럼
나는 사람들 가운데 있었습니다
사람들 순박하기가 옛날의 조차지 같습니다

문득 귀 기울여 보니
치솟은 함성 소리 들려옵니다
호루라기 소리가 있고
칼날에 베인 소리도 있습니다
나는 귀가를 잊은 채 주먹 불끈 쥐어 봅니다
어둠을 들이붓는 소리에도
하얀 사투리가 와자그르르 피어나
정신 번쩍 들었나 봅니다

그렇습니다
나는 백 년 전의 장터를 생각했습니다
담대함도 두려움도
기어코 하나 됐던 장터 말입니다
그곳은 언제나 펄떡거리는 무대입니다
내[川]같이 구석구석 적시는 곳이고

좀처럼 파장할 줄 모르는 곳이라

사람들 바람[願]을 아우르고 있었습니다

01 유관순 열사가 태어난 충청남도 천안시 동남구 병천면의 다
른 이름

그날 이후

김요아킴

—이십대의 비망록

손가락을 깨물면 쏟아질 줄 알았던, 그 붉은 마음을 그
녀에게 보내고 싶었어

그날 밤비 소리엔 비린 습기가 찐득하게 묻어났다 등
뒤로 돌아서는 낯선 시간 속엔 견고했던 우리들의 다섯 해
가 증발해 버리고 오목교 다리의 길이만큼 휘청이는 발걸
음은 새벽 부산길을 재촉해야 했다 검은 버스의 창은 지난
날의 영상을 끊임없이 재생하며 커튼을 적셔 주었고 몸이
멀어지면 마음도 멀어진다는 라디오의 값싼 유행가가 가
늘게 어깨를 떨게 했다 최루탄이 낭자하던 학교 광장에서
함께 자전거를 타고 계절을 달리며 몇 권의 시집으로 시대
의 울분을 손깍지 서로 끼며 내일로 약속하던 실루엣은 이
제 청춘 저편에 있다

'사랑'이란 흔한 두 글자 면도날로 베어 가며 한 획 한
획을 적셨던, 낡은 서랍 속의 그 순하디순한 마음 삼십여
년이 지나도록 여태 꺼내 보질 못했어

썰물은 돌아오지 않았다

김유철

그리움이 변형된 바다에 이르렀다
그리움으로 그림을 그린다고 했던가
숱한 그림을 그리고 지우는 동안
그리움의 힘은 사라진 이들을 기다리게 했다
장승이 되고
바위가 되고
이내 파도가 되어 팽목항으로 돌아오곤 했다

가볍고 서늘한 바람이 부는 날은 서러웠다
더 멀리 갈까 봐 서러웠고
물속 차가움이 느껴져 몸서리치며
그런 날은 낯익은 소주마저
낯설게 컴컴한 속으로 들어왔다

슬픔에서 담담으로
그러곤 묵묵으로 사그라지는
눈앞의 섬들과
살아 있었던 숨결들
아,

모든 것을 보았던 방파제 끝 붉은 등대는

반딧불이 꽁무니처럼 깜박이고
물도 하늘도 보이지 않는 먹물 밤이 오면
방파제 깃발들은 밤새도록 울먹였다

아이들과 나누었던
소소하거나,
하찮거나,
속삭였거나,
심지어 옥신각신했던 행복은
바다에서 돌아오지 않은 채
여전히 맹골수도에 잠겨 있다

제 꼬리를 물려 제자리를 맴도는 땅강아지가 되어
이천삼백이십여 일을 보내는 동안
사랑이네, 희망이네라는 말이 스쳐 갈 때마다
외면하거나 '없다'라는 속말이 밀고 나왔다

쓸고 나간 썰물은 돌아오지 않았다
하루 네 번씩 맹골수도는
아이들 숨결로 요동쳤지만
썰물이 삼킨 그날은 다시 돌아오지 않았다

썰물은 괴물인가

욕심이 빚고,

거짓이 만든,

지폐와 황금 속에 사는,

괴물은 여전히 벽처럼 서 있지만

썰물이 밀물 되어 들어오는 날

그날이 다시 오면 팽목항으로 오라

그대, 팽목항으로 오라

반생

김윤배

원망과 냉소로 반생을 가시밭에 두었습니다

원망과 냉소는 목련꽃 짧은 생애에서 크고 깊습니다
가지를 옮겨 앉는 새들이 종일 눈길 주던 목련꽃은
당신이 베데스다로 떠나자 갈색으로 변하고 있습니다
목련꽃에게 기우는 등을 보여서는 안 된다고 했던 당신
이었습니다
나는 고뇌의 꽃잎을 위해 계절을 건너지 않습니다
목련꽃 지고 나서 봄을 더 깊이 앓습니다

원망과 냉소는 붉은 달의 심장을 겨냥합니다

달빛에 가려진 생의 안간힘으로 늘 얼굴빛이 붉었던 시
절이 있었습니다
지상의 달빛이 모두 죽었습니다
비가는 줄줄이, 붉은 얼굴로 올라가고 있었습니다
달빛이 살아날 징후였습니다

당신의 건강한 무릎이 기억나지 않습니다

당신의 베데스다에는 가지 않겠습니다

모란봉 을밀대에 올라

김윤호

—평양 방문길 12

꿈에도 그리운 북녘 산하
평생 처음 찾은
모란봉 을밀대

대동강 푸른 물결이
남포항으로 출렁이며 흘러가고
평양 시내가 한눈에 보이는
을밀대에 올라선다

솔나무 숲 향기 그윽한
산길에서 남녘 손님을 반기는 듯
까치가 지저귀고
풀꽃들도 손짓한다

대동강 가운데
아름다운 능라도가 떠 있고
주체사상탑과 인민대학습당이
강변에서 외치고 있다

하루빨리 조국 통일이 되어
마음을 활짝 열고

얼싸안고 춤추는 그날이 오기를
열망하고 있었다

나도 가을의 기도를 드릴 수 있을까   김윤환

질긴 것들의 몸집은 늘 작아

낮게 신(神)을 부르지

보일 듯 보이지 않는 제 모습처럼

그의 향기는 올라오지 않고

꽃등이 잘리고 줄기가 잘려

푸른 피 흐르는 비명이 되어야

고개를 갸우뚱 내리는 하늘

밟힐 때마다 울리는

낮은 것의 기도

질긴 것의 기도

하늘은 저만큼 멀고

땅에는 죽어 가는 것들의 천국

모든 것이 노랗게 물들어 가는 시간

나도 가을의 기도를 드릴 수 있을까

울음을 먹는 생

김은경

오이지는 물에 만 밥과
불에 슬슬 그슬은 김은 누룽지와 먹어요

발바닥 각질 같은 진눈 내리다 쌓이고
마음껏 길을 더럽히는 밤

연탄을 부수어 길을 터 주던 사람들 다 사라지고

김상희 장옥자 김재용 이봉순
위패 같은 문패가 달린
옛집들을 어슬렁거립니다

세상을 전복할 음모 대신 탈모가 어울리는 시간
미세먼지 가득한 공중에서 오늘도
별을 찾다 돌아가요

엄만 날 왜 낳았어요
왜 더 사랑하지 않았어요
그 밤 당신은 왜 날 찾아왔었나요
왜 왜 왜 왜 왜

물에 만 밥을 먹던 엄마처럼
제 손으로 제 등을 쳐 가면서
혼자 놓인 한 칸 방은 간장 종지만 하고

물과 눈물을 구분할 수 없다는 것은
땀과 눈물이 닮아 있다는 것은

다행입니까?

오래 앉아 있었다

김은령

청도 지날 때 그는 녹색 터널을 지난다고 했다

녹색,

산야는 아무 일 없었던 것처럼 해마다 푸르게 돌아온다

와서는 싱그럽게 번진다

그 길 끝에서 휘어져 도착한 봉하, 바람개비 노랗게 돌고 있다

매번 그러하듯 고개 숙여 걸으며

조각, 조각 다짐이고 약속인 그날의 말들을 따라가 보지만

내가 끼워 넣을 말은 여전히 없다.

이런 나의 빈곤을 달래 주려고 하는지 벌써 열 살을 지나는 팽나무는

제법 늠름한 티를 내고자 잎사귀를 더 많이 달았고

잎사귀마다 햇빛을 반사시켜 허공은 빛이 났다

천년을 산다는, 짠물 짠바람 속에서도 살아남는다는

그럼에도 껍질은 곱고 매끄러운 습생을 가진

팽나무,

그늘 아래 오래 앉아 있었다

얼음 속의 편지

김은옥

당신과 나의 첫눈은 왜 항상
다른 시간에 내리나요
오랜 세월이 지나도록 자꾸 엇갈리고 있습니다
눈 속에 파묻힌 비상등은 꿈속에서도 깜박깜박
그날을 바라보고 있어요
바퀴 잃은 자동차는 콧잔등을 반짝이며
아직도 그날의 첫눈 속을 달려요
잘못 들어선 길에서는 내비도 무섬증을 타지요
그날의 첫눈까지는 얼마만큼 먼가요

더욱더 경계의 숨통을 바짝 조여야겠어요
첫눈을 놓치면 안 되니까요
비상등을 깨워서 같이 눈 부릅뜨고 떠나야겠어요
피가 펄펄 끓던 나는 첫눈의 나라로 돌아가고 싶어
폭설 속을 헤매다 변온동물이 되어 가네요

여기는 휘파람 같은 생이별이 고목마다
빼곡하게 걸려 있네요
당신과 나의 첫눈을 찾아 오늘도 헤맵니다
내 얼굴은 점점 더 얼어 가고 기억 또한

밤의 새치

자려고 누웠는데 마음에 걸리는 게 하나도 없다

당신은 그걸 행복이라고 믿는 사람

지을 죄의 항목을 정해 두고서 미리 뉘우치는 것은

선의인가 악의인가

바라는 게 아무것도 없어서 아무것도 하지 않을 때

개미들은 내가 흘린 부스러기를 지키기 위해 안간힘을
다한다

당신이 부어 준 햇빛을 아껴 먹으며

나는 왜 어제 무서웠던 것이 오늘 또 무서운가

공벌레처럼 몸을 둥글게 말고

가까이 둔 것을 멀리에서 찾으려 번득인다

가을 겨울 어쩌면 가울 겨을

계절의 숫자가 많아지고 사계절의 순서를 모르게 된다

당신은 과학을 잘해서 과학자가 되고

나는 그림을 좋아해서 그림자가 되었는데

모두가 캄캄할 때 저 혼자 빛나는 것의 비밀을 알지
못한다

나를 뽑아내려 애쓰는 당신과

밤으로부터

나는 당신의 엄지와 검지를 쓸어 담기 바쁘고

학은 길의 말씀을 듣네

김이하

하루 몇 말의 말을 뿌리던
때가 있었다

껍질도 까지 않은 거친 말로 하루를 채우고
술로 기름을 부으면 거친 말은 불꽃이 되어
밤거리를 날아다니던
한때가 있었다

다 지나간 일이다
지나고 보니 지금 내 모양이
타고 남은 재 같다

그러나 슬픈 일도 아니다
한때 그 시절 지나고 보면
부질없기는 매한가지

말 몇 말이 뿌린 대가는 뼈아픈 후회로 남겠지만
한 홉의 쌀로도 흡족한 지금 하루는
한 홉의 말도 넘친다

마냥 침묵하며

허공중의 말에 귀기울이며
오래전 할아버지 모습으로 늙어 가는 것

그분은 오로지
대나무 가지가 끌리며 내지르는
먼지 속의 말을 고르며
삼백 리를 오가던 학이었을 것이다

광시당에 가면

광시당에 가면 시간이 너무 많다
일곱 시였다가 두 시 반이었다가
아홉 시 오십칠 분이었다가 열두 시였다가……,

나를 다녀간 시침이란 시침들이
긴 줄 끝에 나를 줄 세우는 것인데
새까맣게 칠해지는 여섯 개의 숫자는
멈춰 버린 초침만큼 감감한 심중이다

줄 밖에서 살기로 다짐하던 열두 시가
줄에 매달린 나를 내려보고 있다
일곱 시는 거울 속에서 멱살을 틀어쥔다
타인을 벗어 버리고 싶어 찾아든 공사판에서
허공을 딛고 꼬꾸라져 청춘을 탈탈 털리고
빈속에 소주 먹으며 그들의
셈을 복기하던 저녁 일곱 시다

습관이 된 이 증상은 호전되지 않아
두 시 반이 아홉 시 오십칠 분이
정오와 자정을 넘나드는 무수한 시간이
아무것도 벗어 버리지 못한

아찔한 순간으로 남아

줄을 벗어날 희망을 파는 곳에

나를 줄 세우는 것인데

밥이 있는 곳에 줄 세우기도 하는 것인데

광시당에 가면

내가 말아먹은 시간이 너무 많다

기억의 강

김자현

이제 와 생각하면 모든 것을 다
사랑할 수 있으리
아니 사랑은 못 하더라도
그저 바라만 볼 수 있었으리
지나치는 인연이었더라면 너와 나
아무것도 잉태하지 못했다 해도
먼 훗날 썩은
지푸라기 같은 세월이라도 건지려 하지 않았을 것을
생각하면 우리의 과거가 언제
절명할 것 같은 통증을
동반하지 않았던 적이 있었을까
그러나
엇갈린 모든 순간 속에
미움도 원망도 아픔도
다 함께 녹아서 흐르는 그것을 기억의 강이라 부르자
그도 언젠가는 다 흘러가 버리고 말아
생애의 어디쯤인가 갑자기 끊어진 단애 앞에서
너의 이름 석 자 찾을 길 없는
허허한 강변에 서기 전에
틈만 나면 그 강가로 나가야 하리
발 담그고 젖어 보아야 하리

번지수도 모르는 눈물을 흘리면서—

숙자 누님[01]께

김재석

누님, 누님을 생각하면
이리 치이고 저리 치인
두 동강 난 애처로운 한반도가
얼굴 내미는 걸 말릴 수가 없네요

누님의 눈빛이
산머루보다 더 투명하니
영철이[02]가
반하지 않고 배길 수 없었겠지요

아메리카로 떠난 일곱 살 연하의 영철이가
부모들의 반대로 연락을 단절한 지
몇십 년이 지났어도 잊지 못하는
누님의 순애보가 눈물겹네요

소파수술을 열 차례나 받을 동안
외화벌이 애국자라 누님을 부추긴
대한민국은 누님을 위하여
무슨 일을 해 주던가요

기계적 행정업무로 이름을 날린

언제나 군림하는
쇠창살의 몽키하우스[03]가
전부이진 않았겠지요

산전수전 다 겪고도
누님은
은희의 '꽃반지 끼고'와
패티김의 '이별' 사이에 여전히 계시군요

누님, 누님을 생각하면
이리 치이고 저리 치인
두 동강 난 애처로운 한반도가
얼굴 내미는 걸 말릴 수가 없네요

01 다들 '숙자 이모'라 부르는 이, 내게는 '숙자 누님'이다.

02 숙자 누님은 사귀던 미군 병사에게 영철이란 한국 이름을 지어 주었다.

03 성병 낙검자 수용소

영혼이란

김재홍

처음부터 그런 건 아니었어요. 아침이라거나 푸르다거나 따뜻하다거나 맑다라는 것도 종종 느꼈죠. 간혹 계곡을 거쳐 바다로, 지상에서 하늘로 또 어떤 공간적 연속과 시간적 지속을 누리기도 했어요. 보여 주지 않는 것들을 보기도 했죠. 그런 순간은 행복하기도 했어요.

언제부터인지 몰라요. 오로지 영혼이고만 싶어졌어요[01] 즉물의 세계를 떠나고 싶다는 생각, 어쩌면 나를 의심하는 순간이야말로 가장 진실한 것이라는 생각, 세속이니 속세니 함부로 내뱉는 날이 많아졌어요. 비극은 劇도 아니고 極도 아니었죠. 그러므로 영혼이란 얼마나 다행한 것인지 몰라요.

알 수 없어요. 고귀하지도 않고 비천하지도 않은 나날 속에서 유난히 힘들어 보이는 사람들. 혹은 무표정한 사람들. 그들은 오직 영혼인 사람들인지 몰라요. 버릴 수 있는 것은 다 버리고, 버릴 수 없는 것까지 모두 버린 다음이라야 가능한 것인지 몰라요.

01 박상수(1974~),「모든 영혼의 날」중에서.

마른 눈물 다시 샘솟아

김정원

어지간히 슬픈 노래를 들어도
영화를 보아도
울지 않는 내가
이마에 찬 손 대고 빈 들판 종종거리는
얼핏 하늬바람 한 점에
눈물 흘릴 줄이야

해거름에 솜이불 뒤집어쓴,
동박새 한 마리 날개 접고
산자처럼 부푼 지구를 지그시 눌러
앞마당 동백나무에서
속절없이 떨어지는 눈 한 송이에
마음 베일 줄이야

떠나던 날 희미하게 뒷모습 바랜
너를 만나고 돌아온 저녁
그 눈물 그 마음 감추고
혼자 앉아 기댄 썰렁한 윗목 벽에
어둡고 길고 시린 밤은
자해 같은 침묵으로 날개 없이 추락하고

새벽녘 나지막한 처마를 어루만지는

왼쪽이 밝은 달빛 따라

방문 열고 다다른 영산강에서

속으로 울렁거리는 갈대 흔들며

밤새 뒤척이는 강물에

끝내 흐느낌 흘려보낼 줄이야

겨울 안부

1.

아버지, 겨울이 왔어요

색동 바람 날 끝 세우자

이 땅, 저 땅 할 것 없이

는개에도 나뭇잎 비명으로 자지러들고

나, 오랫동안 그 소리 듣고 있네요

아버지 계신 땅에는 영원히 오지 않을 것 같은 겨울

이곳은 긴 겨울이 시작되었네요

이제 막 세상 밭으로 나오려는 젊은이들은

갈 곳을 몰라 광장을 배회하고

하루만 지나도 억억(億億)거리는 세상

아무리 하루 열두 시간씩 수십 년을 일해도

고작 내 한 몸 편하게 누울 수 있는

마른 땅 한 평 저당 잡힐 수 없는 망망함

사람들은 제 발등 찍어 놓고 아프다 하고

미친 자본가와 위정자들의

배 두드리는 소리만 천둥처럼 요란하네요

희망이라는 모국어를 놓아 버린 지 오래

그나마 이런 편지나마 쓸 수 있다니

다행이라면 다행이겠지요

2.
그것 알아요, 아버지
한때 무능력한 아버지를 원망한 적 있어요
아내는 제가 그런 아버지를 닮았다 하네요
이제, 그 말 주워 담으려 싶어요
40년을 나랏밥 먹었지만
남은 것이라고는 다 삭은 몸뚱어리 하나
진한 독주로 허기진 상처 달래며
그래도 비겁하게 살지 않았으니 다행이라며
스스로 위로해 보지만
천형처럼 다가선
가난을 숨길 수 없어
그 말조차 차마 삼킬 수 없네요
그래 이제 지친 몸 산방(山房)에 누워
낙엽 소리 품으며 살고 싶어요

아버지, 그런 오늘
생채기 같은 비가 내려요,

비
겨울비!

주말부부

김종숙

산언덕에 꽃 피었다 보내온 사진, 거칠고 외진 곳에 저
홀로 핀 꽃무릇이다

홀로, 화르르 붉어졌다 홀로 사그라지고 나면 그제야 찾
아와 청청히 서 있다 지치고 지치는 꽃무릇

외진 비탈에 홀로 붉어진 저 꽃대. 어찌 내 서른 살 적
마흔 살 적 그날 같은가

그날은 말 못 했으나 그리움 일면 혼자 피고 혼자 지더라

아버지

김종원

잘 몰랐어요
그땐 그저 아무 말도 할 수 없었어요
바람은 부는데
낙엽은 왜 앙상한 채로
나뭇가지에 매달려 위태롭게
버텨야 하는지를
그것이 정말 최선이었는지를
아버지
그저 안타깝게 바라만 보시고
혼자 속으로 앓으시고
생각하면
마음에 앙금이 자꾸 남아요
소주를 마시고
힘들지
짧게 한마디 하시고
꾸벅꾸벅 혼자 조시던
지친 아버지의 모습이
바람이 불던
비가 내리던
너무 멀어 보이지도 않을 것 같았던
계절은 가고 또 가고

오고 또 오고

그렇게

많은 세월이 흘러가고 난 뒤에야

자꾸 뒤돌아보게 되는 것은

왜일까요

아버지

힘들어요 아버지

그런데 말할 수 없었어요

아버지께서

이미 다 알고 계셨으니까요

참 오랜 세월이 지나가고

이제야

"그래 그래"

조금은 알 것 같습니다

내가 힘들어한 만큼

아버지의 꿈도 조금씩 퇴색되어

갔다는 것을

지네발란[01]

김지란

바위를 타는 지네를 보았다

수십 마리 지네가 흙도 없는
그곳을 오른다
날아오는 물기만을 낚아채며
한 걸음 한 걸음 향기를 늘린다
몸뚱어리는 부스러지며 사라져도
한여름 태양 아래 피워내는 그 꽃들

내 아랫배에도
커다란 지네 한 마리 붙어산다
수십 쌍의 다리를 선물해 준 살갑던 어린것들

큰 바람에 흔들리더니 기어이,
나를 향해 뻗었던 뿌리를 꺼내 그들만의 세상으로 갔다

지네에게 단단히 물리고 온 그날 이후
다리 사용법을 알았다
남보다 많은 다리의 촉수를 일으켜 세워
너희에게로 가는 수많은 길을 물결치듯 걷고 또 걷는다

마음을 읽기까지
참 오래 걸렸다

내 등의 짐들,
꽃이다

01 바위에 사는 지네를 닮은 난초

일요일의 옷장

김지윤

금요일에 입었던 옷들이 사라질 것 같은
일요일의 옷장 속엔
출근복과 겉옷, 세탁하기 어려운 평일의 옷들
잔때 묻고 오래된, 나를 보증하는
익숙한 것들이 낯선 어둠 속에 묻혀 있는 중
세상을 만들고 신께서도 하루 쉬셨지
일요일의 사람들은 옷장 속을 모르고
옷장 속의 옷들은 일요일을 이해하지 못해서
사람들도 투명해지는 날
옷장 안에 유령 따윈 없어, 라고 아버지는
어린 나를 달래셨었지, 악몽일 뿐이야
옷장 문을 닫아 둬. 일요일인 걸
난 딸에게 말했지, 옷장 안에 나니아 왕국[01]은 없어
그건 일요일마다 읽는 동화일 뿐이야
옷들을 다 헤치고 더 안쪽으로 들어가 보면
거긴 다른 세상이 있을지도 몰라요
월요일이 되면 그 세상 문은 닫혀 버리는 거예요
그건 꿈일 뿐이야, 애야
옷장 속의 옷들은 나를 잊어버린 것 같고
저 너머의 목소리가 옷장 안에서 날 부르는 듯해
그냥 꿈이야, 닫힌 옷장을 열어 보지 마

별일 없이 월요일을 맞으려면 더 일찍 자야지
월요일엔 모두 거짓말처럼 느껴질,
그러나 왠지 끝나지 않을 것만 같은
긴긴 일요일 밤에

01 C. S. 루이스가 지은 판타지 시리즈 『나니아 연대기』에 등장
하는 신화적 마법 세계로, 주인공들의 방 옷장 속에 이 세계로 이어
지는 통로가 있어 그곳을 통해 나니아로 들어갈 수 있다.

역할

김진규

장기자랑 연습이 한창일 때
너는 손자국이 가득한 거울벽에 이름을 쓴다
만지지 마시오가 무색할 만큼
거울은 온통 누군가의 손으로 가득하고

낡은 마루에서 뿌연 먼지가 피어오르면
시끄럽게 돌아가는 선풍기
커튼 사이로 뜨거운 햇빛

배역을 정하는 일은 선생님의 몫이라
너는 가만히 기다린다
항상 배역들은 어두운 장막 뒤에서 나타나니까
너도 언젠가 등장하기 위해 기다린다

혹시 저는 나쁜 역할인가요?
너는 어둠 속에서 묻고 싶었지만
무대는 침묵 뒤에 시작하는 일이니까
묻는 대신 숨죽이고 기다린다
하지만 속으로 다짐한다

제가 나쁜 역할이라면, 전 평생 등장하지 않을래요

선생님은 너의 머리를 쓰다듬는다
이건 연습일 뿐이란다, 어렵게 생각하지 마렴

무대는 종종 분주하고 종종 조용하다

이상하게도 연습이 끝날 때까지
선생님은 너를 부르지 않는다
가만히 기다리면 될까 봐, 가만히 기다린 너에게
선생님은 얼굴을 가린 채
웃는 것 같은, 우는 것 같은 소릴 낸다

마치 너에게 나쁜 역할을 준 것처럼

도씨네 회칼국시

새벽부터 찬 이슬 밟고 온 장꾼들
뜨뜻한 회칼국시 한 그릇 홀딱 비우고
불뚝 일어선 뱃심으로
다시 저잣거리로 나선다.

자잘하게 씹혀 오는 회 맛과
아삭아삭한 갖은 채소가 버무려져
새콤달콤한 장맛이 어우러진 환상의 궁합
이 맛은 어디에서 오는가.

울진시장 골목, 도씨네 회칼국시 한 그릇
이건 배고픈 시절 어머니의 가난과
눈물과 사랑과 정성이 가득 고인
평생을 바친 내공이다.

칼과 도마는 닳고 달아
사시사철 손끝마다 물 마를 날 없어
손가락 마디마디 굽어 아픈 세월
그 내공이 빛나는 훈장이다.

사람들아, 평생을 정성 들여 바친

이 회칼국시 한 그릇

우리 몸속에 경건히 모셔

내 목숨도 정성 들여 살아야 하지 않겠는가.

죽음 앞에서

김창규

세월호 침몰하고 난 다음
팽목항에 가서 하늘의 별을 세어 보았습니다
삼백네 개의 별들 중에
이백오십 개의 작은 별까지 세다가
칠십 년 전에 죽은 보도연맹 사건의 희생자
트럭에 실려와 밭에서 처형당하거나
계곡의 골짜기나 들판에서 가지런히 줄서서
머리에 총알을 맞고 죽은 별들이 너무 많아
다 셀 수 없어 한없이 울었습니다
아직도 선량한 사람들이 살아남아
평생을 간첩 낙인으로 인해 소외되어 살다가
얼마 전 세상을 떠난 장기수
그분들은 별이 되어도 보이지 않습니다
금강변 공주 살구쟁이 골짜기 사백 명 별들이
살구꽃 봄꽃으로 피어 있었습니다
하얗게 피어서 입을 벌리고
길게 한숨을 쉬며 발굴되는 순간
손을 등 뒤로 묶인 채 웃으며
죽어 간 골령골 청년의 얼굴이 떠올랐습니다
전국의 친일 이승만 독재자 군대와 경찰
그들은 아직도 살아 있습니다

백선엽 이름을 국립묘지 죽음 앞에서
파내고 지우고 싶은 마음 간절합니다
죽음 앞에서 모든 것을 말합니다
원수를 갚아 주자

이발사 박氏

김홍주

새끼손가락 두 마디 없는 이발사 박氏는
가위와 빗, 면도칼을 거울 아래 서랍 위에 줄 맞춰 놓고
시계를 본다
포로수용소에서 이발 시다로 배운 솜씨로
칠십 해 상고머리 깎으며
살아온 세월
사단 병사보다 많은 군인 머리를 깎았고
고향 그리움을 가위 자르듯 잊었지만
다시 자라나는 서러움
손님 머리를 헹구고
거품 이겨 면도를 하고
검게 염색하는 일상
곧 돌아온다는 아버지의 기억은
오래전 다녀간 손님처럼 까마득하다
어느 날 늙은 병사가 찾아와
아버지를 만났냐? 는 인사말은
거울에 반사된 여러 개의 화면으로
확성기처럼 부딪혀 속을 후벼팠지만
이내 고개를 돌렸다
저기 저 산 하늘 너머 그 아랫마을 천도리
그 아래가 아버지의 고향이라지만

보고도 갈 수 없는 지금은 남의 땅
내일은 갈 수 있을까
아버지의 또 다른 내일은
나에게 오늘이 될 수 있을까

망치의 기술

김황흠

태풍에 쓰러진 고추 지지대를
망치로 쾅쾅 박아 두었던 밭,
다 정리하고 빼려 하니 어렵다
한번 들어간 몽니는 도통 풀어지지 않고
사 온 뽑기 휠은 휘어졌다
힘도 공구도 무력하고 무안스럽고
밭둑에 앉은 등 뒤에 박새 몇 마리
쌓아 둔 마른 가지를 뒤진다
뭐 먹을 게 있다고 진력나게 뒤지는지
아니면 고소하게 지들끼리 낄낄거리는 건지
벌써 짧은 겨울 해가 기웃거린다
몇 개 안 남았는데,
추적추적 짙어 오는 그늘에 서서
의기양양한 지지대를 본다
힘이 없어 그래,
던지는 말이 못내 아쉽다
아, 이럴 땐 노루발못뽑이가 있어야 하는데
그게 어디 있더라
몇 번 뒤지다가 못 찾은 뽑이 생각하다가
누가 그런다
억지로 박은 건 다시 때려

붙은 흙을 털어야 한다고

길어지는 그늘이 못다 한 일을 쾅쾅 쥐어박는다

변경의 구름들

나금숙

네모난 사과 삼각형 사과 원뿔 사과가 담긴

바닥 없는 둥근 갈대 바구니를

뛰어가는 수생가젤이 발로 차서 엎어뜨린다
    수생가젤은 잔잔한 물 위의 수련을 검은 마름을 건져
먹는다

칠월부터 오월까지 눈이 오는 나라
시계가 항상 자정에 맞춰져 있는 나라로
몰려가는 바람들

여기서 이 바람을 마시면 언젠가
이곳으로 되돌아온다고

믿고 싶은 이들은
하루 한 번 언덕으로 나가
팔 벌려 바람을 마신다
구름을 배부르게 먹고
지붕 낮은 집으로 들어와 잠을 청한다
창을 열면

자청비가 가슴을 내놓고 젖을 먹이는지
구름이 희게 희게 부풀어진다
집 떠난 이들을 위해
매일 빵을 굽는 사람들 등 뒤에서

상 아래 저는 다리를 숨기고
소리 죽여 밥을 먹는 이들
몰려가는 흰 구름을 보고 옛 언약을 떠올린다
#3737# 392766
네게로 가는 비번을 다시 외워 본다

죄다

나병춘

죄다
죄다
죄다
하나같이 마스크로 무장이다

죄다죄다죄다죄다
티브이 뉴스나 거리에서도
죄다
연달아 코로나 광풍이다

꼬리에 꼬리를 물고
뒷골목이나 마트에도
은행이나 학교 운동장
시장통 골목에도
온통 마스크 행렬이다

죄는 죄다
죄다,
다 어디서 왔을까
귀가해서야 마스크를 벗는다
비로소 자유요 해방이다

밤에는 전혀 딴 나라 세상
비로소 맑아진 하늘에
또랑또랑한 별자리들이 보인다
코로나의 선물인가?

태풍은 엊그제
쓰나미로 휩쓸고 갔다
코로나 바이러스 무리들
죄다
집어삼킬 듯이

나무와 여자와 새

나정욱

어느 날부터인가 나무 아래에 여자가 앉아 있었습니다.

그 모습을 나무보다 높은 건물 꼭대기에 앉아 있는 새가 지켜보았습니다.

하루도 빠짐없이 나무 밑에 여자는 앉아 있고

하루도 빠짐없이 높은 건물 꼭대기에서 그 나무와 그 여자를

새는 지켜보았습니다.

새가 지켜보거나 말거나 나무는 나무대로 아름답게 성장했습니다.

비록 건물 높이만큼은 안 되지만

나무 아래에서 여자가 바라보면 하늘 아래 나무만큼

아름다운 것도 없을 만큼 그 높이와 굵기가 대단했습니다.

매일 하루도 빠짐없이 나무 아래에 그 자리에서 여자는 나무를 바라봤습니다.

매일 하루도 빠짐없이 높은 건물 꼭대기 그 자리에서 새도 앉아

나무와 여자를 바라봤습니다.

나무 아래에서 바라보는 건물 꼭대기에 날개를 접고 앉아 있는 새는

하늘의 눈처럼 보였습니다. 하늘의 눈이

나무와 여자를 바라보는 것으로 나무와 여자는 생각했습니다.

그리고 나무 아래에 앉아 있는 시간이 점점 많아지고,

이제는 나무 아래에 여자가 없으면 나무가 없을 정도로

나무 아래의 여자는 나무처럼 나무와 함께했습니다. 새가 보는지

안 보는지는 중요하지 않았습니다. 나무와 여자가 신기한지

새는 그 자리에서 꼼짝 않고 여자와 나무처럼 나무와 여자를 바라봤습니다.

그러던 어느 날 새가 한눈을 파는 사이

나무 아래의 여자가 보이지 않았습니다. 항상 나무 아래에서 나무처럼

예쁜 그 여자가 보이지 않고 나무만 덩그러니 서 있는

나무를 보았습니다. 그런데도 나무는 외로워 보이지 않습니다.

아무래도 그 나무를 사랑한 그 여자 새가 한눈파는 사이에

그 나무로 들어간 모양입니다. 그날 이후로

그 나무의 모습이 그 나무 아래 앉아 있던 그 여자를 닮아 가기 시작했습니다.

사람들은 몰라도 항상 그 높이에서 그 나무를 보았던

새는 그것을 알았습니다. 그 나무 속에는 새가 사랑한

그 여자가 함께 살고 있다는 것을 알았습니다. 새가 그

높이를 버리고

나무에게로 날아가 앉으면 그 나무는

그 새를 허락할까요.

돌미역

남효선

내 할매는 평생을 물속에 살았네
여섯 나던 해 처음 어매 좇아 바다를 만났네
처음엔 고무신 벗고 불[01]가에서 물장구치고
밀려오는 파도가 가슴으로 흠뻑흠뻑 들어오는 것 같아
난생처음 가슴 콩닥콩닥 뛰었네

일곱 살 먹던 해 혼자 바다로 나갔네
어매가 바닷속 자맥질하며 내 머리숱처럼
새까만 길고 치렁한 미역을 베던 날
파도에 떼밀려 밀려 나비처럼 뱀처럼
흐르는 미역을 건졌네

미끈둥한 미역 냄새는 아, 파릇푸릇 비릿하기도
고소한 냄새가 코끝에 오래오래 앉아 있었네
파릇푸릇 비릿 고소한 미역은
내 허기진 배를 채우고
목 안 가득 새긴 감처럼 달큰했네

여덟 살 나던 해 어매 손에 끌려
자맥질을 익혔네
늘 보던 바다라 그저 어매 품처럼

따듯하고 푸근했네
열 길은 넘어 보이는 물 밑은
희한했네. 난생처음 내 가슴보다 더 커 보이는
납작한 고기들이 끝도 없는
바다를 떠다녔네

물 밑은 그저
자유 천지였네
미역풀이 진저리[02]가 토박[03]이
물살 따라 흘렀네

스물두 살 나던 복상꽃[04] 피던 날에
머리를 올렸네. 팔뚝 굵은 뱃사람이었네
그날 처음 맛본 막걸리청 맛은
가슴을 찌르르 울리며 달큰했네

한 십 년 지아비 건져 오는 퍼덕거리는 생선
살 오른 오징어 배 가르며
눈에 넣어도 안 아플 두 남매 건사하며
물속 세상은 잠시 잊었네

지아비 파도에 묻고
다시 물속에 섰네
먼저 세상 떠난 지아비 냄새 좇아
죽으라고 물속을 나들며
악착같이 바닷일에 매달렸네

남들 꺼리는 스무질[05] 깊은 수심쯤[06]에서
미역낫 들고 자맥질하며
내 처녀 적 윤기 흐르던 머릿단처럼
새까맣고 치렁한 돌미역 건졌네

칠십 년을 물속에서 물과 함께 흘렀네
물속은 그저 자유 천지였네

물살 흐르는 대로 물살에 몸 맡기고
물속 쯤에 뿌리 하나 박고
푸른 물속을 흐르는 미역처럼
칠십 세월 물 따라 흘렀네

새까맣고 감청빛 자르르 흐르는
미역줄기, 물속에 나불거리며

풀어놓는 푸릇푸릇 조금은 떫다가
이내 입안 가득 가슴 가득 밀려오는
홍시처럼 달달한 감칠맛
지아비 너른 가슴패기 냄새네

01　백사장을 뜻하는 울진 지방 향언

02　모자반류의 바다나물을 총칭하는 울진 지방의 향언

03　지누아리과에 속하는 해초로 '도박'의 울진 지방 향언

04　복숭아꽃의 울진 지방 향언

05　성인 키의 스무 배 규모의 길이를 뜻하는 울진 지방 향언

06　깊은 바닷속에 형성되어 있는 바위 군락으로 자연산 돌미
역의 서식지

화문

도순태

빗모란꽃살문 춘양목 붉은 꽃 피었다

탱탱한 햇살 따라온 전갈
은해사 금포정 지나 소나무 향 손에 젖는다
소식 안부처럼 전해지는 날
영천행 버스 안 바람처럼 출렁인다
가로수 흔들며 소환된 편린(片鱗)들
그땐 통증이었을 뜨거운 기억 차창에 기운다
흐르는 것은 시간만 아니다
심장에 응고된 단단한 것 틈새로 유연해지는,
모란꽃 살 붉음으로 연명하는 오래된 화문(花門)
빗살무늬 밝은 길 만든다

준비 못 한 답신 극락교 아래로 흐른다

직유를 꿈꾸며

라윤영

어딘지 모르고 걸었지
알 수 없는 마음으로
모르는 길로 빠져나가는
둥근 바퀴처럼 돌아서는
그림자를 남기고

허기에 지쳐 가는
철야 근무자의 노동처럼
수많은 직유로
비슷해져 가는 어둠을 뚫고
도망치고 싶었네

손바닥과 발등에 대못을 박고
하늘 보며 울고 있는
도시의 십자가는
언제나 붉은 마음으로 노래하네

바람에 짓이겨진 저물녘
지나간 날들을 잊은 듯
새파랗게 움 돋는 풀잎 입술

입 맞추며 눈 감는 길목 언저리
다시 걷는 휘어진 길

동리교회

동리교회 가는 길에 꽃이 몇 송이 피었다
주일학교 소녀들이 교회에 간다
흙이 된 신랑을 지나
민들레 지나
제비꽃 지나 집으로 가는 길
성경책과 찬송가가 아이들을 기다린다
장난감만 한 교회에 내리는 하나님의 은총
휘파람새가 후렴을 따라 한다
당신은 꽃이고 난 풀이군요
하지만 시간의 눈에는 같을 겁니다

버텀라인[01]

문계봉

엘피(LP)가 돌자
바닥에서 잠자던 먼지들
파르르 몸을 떨며 기지개 켄다
그리움과 기억을 버무리고
혼잣말처럼 속삭임처럼 나를
보라색으로 물들이며 흐르고
구르다 문득 선(線)이 된 선율
평온한 표정으로
평등한 숨결로 손을 내미는
재즈

바닥에 누운 그리움과 사랑
내 등뼈를 닮은 그것과 손잡으며
눈과 귀와 마음을 대신하던
레코드판 사이사이 스며 있는
잊힌 기억들 떠올린다
사랑이란 그런 거니까
기억할 수 없을 때조차 기억하는 것
기억할 수 있을 때 녹아드는 것
기억하기 위해 바닥(bottom)까지 내려가
기꺼이 곁에 누워(line) 한곳을 보는 것

버텀라인

01 인천 중구에 있는 역사가 오래된 인천 최초의 재즈 카페.
2020년 '백년 가게'로 선정되었다.

엿 먹어라

문창갑

욕 같지도 않은 욕
눈물 콧물 버무려진 짠한 욕이 있지요

엿 먹어라

시중엔 이 욕의 유래에 대해 여러 설이 있지만 저는
이 욕, 맨 처음 어디에서 왔는지 확실히 알았습니다.

조금 전이었습니다
책장을 정리하다 눈 맞춘 옛 그림책 한 권 무심히 넘겨
보는데
내 눈에 확 뜨이는 엿장수 소년 하나 있었습니다
벌써 어둑어둑 저녁이 걸어오고 있는데,
병든 엄니 약값 한참은 더 모아야 하는데,
엿 사 주는 작자 더는 없는지

엿 먹어라! 엿 먹어라!

먼 산을 보며 고래고래 욕을 퍼붓는 소년이
김홍도 작 '씨름', 18세기 그 풍속화 속에 있었습니다

나 공장 일 다닐 때 밀린 월급 끝내 주지 않고 도주한

못된 사장 얼굴 떠올라 나도 먼 산을 보며 불끈 소리쳐

봅니다

에이, 엿 먹어라!

책에 눌린 3년

무얼 간절하게 말할 것이라고
네게 써 놓고 부치지 못한 편지가 우연히 책갈피 속에서 발견되었다

네게 참 많이 미안하고 내게 부끄럽고 또 그때 그 마음으로 네게 무얼 다 해 주지 못해서 맘이 더 아프다
여기저기 나타나는 몇 가지 늙어 버린 글을 지우고 새로 생각난 것을 보태다 보니 결국 다 지워지고 얘기며 줄거리도 모두 끊기고 겨우 몇 줄만 남게 되었다
조금 일찍 보았더라면 이번 추석 때 그 마음이라도 전했을 텐데
너를 보내 놓고 난 들판 한복판 서늘한 기운 속에 눈물 비치지는 않았을 텐데 하는 아쉬움이 크다
일찍이 집을 떠나 객지로 떠돌다 보니 따뜻한 밥도 못 해 먹인 게 아프고 속상하구나
그러고 보니 얼마 전에 바짝 말라서 수술 받으러 병원에 가게 된 것도 다 이 어미의 못난 탓이다
미안하다 곧 겨울이 올 테니 따뜻하게 잘 지내라고 쓰고 또 지웠다
언제나 예쁘고 소중한 내 딸아, 사랑한다는 말 대신 그냥 미안하다는 말 한마디로

맺는다

화사별서(花史別墅)

박남준

꽃의 내력을 물어보리라

어느 손길이 붓을 들어

저리도 수려한 산을 일으켰나

꽃 같은 자태

화봉(花峰) 아래 그 집

꽃잎의 문을 열어 꽃자리에 들었네

한적한 집 뜨락이 세한송백처럼 고요하다

초당을 잃은 뒤뜰이며

쇠락한 기와를 읽는 두 눈이 쓸쓸한데

그대 별서의 마루에 앉아

귀 기울여 보았는가

뒷산 산봉우리가

꽃잎을 열며 들려주는 노래를

뜰앞 못 속에서 배롱나무가

붉은 꽃배를 띄우네

그렇구나 저 고즈넉한 못자리가

담을 넘는 마음 붙잡는구나

악양면 정서리 고운 옛집

화사별서가 있네

400년 전에 쓴 편지

박남희

사람들은 공중의 그 집을 달집이라고 불렀다
400년 전에 원이 엄마[01]가 쓴 편지의 주인공
안동에 살던 그 사백이
그 달집의 주인이라는 소문이 있다

갈림길에 사백이 사는 집이 있다
사람들은 달빛 시문에 뛰어난 그를
사백(詞伯)이 아니라 사백(死魄)이라고 불렀다

사백이 종종 제 안에 들였던 집은
빛과 어둠이 알맞게 섞여서 춤추던 몸의
팽팽한 등고선이 달을 키우던 집이다

달이 아주 이지러졌다는 뜻으로
음력 초하룻날이나
그날에 뜬 달을 가리키는 사백(死魄)은
공중의 길을 탄생시키는 달의 조짐이라고 했다

달이 이 길을 놓으면
사백(死魄)이 사백(詞伯)이 될지도 모르지만
백회의 정수리에서 떠오르던 달이

위태롭게 물 위에 발을 내려
황홀히 출렁이며 빛나던 눈빛을
밤은 쉽게 잊지는 못할 것이다

그리하여 400년 전의 편지는 오늘도
사백이 사는 집을 향하여 공중의 길을 걷는다
사백의 집이 공중에 있다는 것은
달의 몸이 더 잘 안다

달은 공중에 있을 때 가장 환하다

01 1998년 4월 경북 안동에서 택지 조성을 위해 분묘 이장을
하던 중 남자의 미라와 함께 그의 아내 원이 엄마가 400년 전에 쓴
그리움이 가득 담긴 편지 한 통이 발견되어 화제가 된 바 있다.

만월에게

박노식

달아

크게 한번 울어 봐라

너의 빛나는 눈물로

보고픈 얼굴 수만 장을 그려서

내 가슴 깊이 묻어 두고

그가 못 견디게 그리울 때마다

꿈속에서 나의 심장을 꺼내듯

그의 얼굴을 꺼내어

종일 껴안고 입맞춤해야겠다

종일 껴안고 입맞춤해야겠다

타향살이

박두규

　어쩌면 태어나는 순간부터 타향살이가 시작되고 타향살이에 적응할 무렵이면 본향(本鄕)을 까맣게 잊거나 아예 잃어버리는 것이 세상을 살아가는 정석인지도 모른다. 그리고 딱히 나무랄 일도 아니라는 생각이 드는 것은 문득 본향을 기억해낸다 해도 그것은 살아온 저만의 습(習)을 깨고 스스로를 부정하는 일과 크게 다르지 않으니 어느 날 머리가 두 쪽이 나는 벼락을 맞지 않고서야 어찌 이 타향살이를 벗어날 수 있을 것인가. 그저 정들면 고향이라고 노래하며 위로할 밖에. 그런데 어쩌면 나는 그 벼락을 한번 맞아 보고 싶은 것이다.

라이더가 그은 직선

제아무리 덩치 큰 버스
하늘 높은 줄 모르는 지체 자랑하며
번들거리는 메르세데스 벤츠 600이라 해도
그의 길을 막지는 못한다

브레이크라곤 없이
앞으로 달려나가는 가속 페달만 달려 있는
배달 오토바이를 멈춰 세울
신호등은 눈을 감은 지 오래
스멀스멀 코로나19 숨은 발뒤꿈치 들고
문 밖으로 나가는 길
넥타이 바싹 조이듯 좁힐수록
그의 길은 더 멀리 활짝 열린다

비밀금고를 가진 부자들
순금 막대기나 다이아에 목숨을 걸듯
기껏해야 뒤 트렁크에 층층이 욱여넣은
짬뽕 몇 그릇, 보너스 군만두 한 접시
뜨거움을 지키는 데 온몸을 던지는
라이더를 달구는 속도에는 눈이 없다

천정 모른 채 치솟는 아파트

밀린 월세 임대료

출구를 닫은 채 올라가는 대학 등록금

반지하 방에서 기다리는 어린것들

등에 업은 채 달리는

그의 휜 허리를 읽어 주는 사람은 없다

매연으로 막힌 길 아닌

먼 시간의 꼭짓점들을

직선으로 잇던 궤도 이탈하여

몇 뼘 남지 않는 목표를 향해 나아가는

한 줄기 붉은 피

아직 따뜻하다

옛날 바닷가에서 불러 보렴   박미경

빈정거림이 가슴을 찔렀다.

대번에 가슴을 콕 찔려 울게 되는 생채기는

허공에 돌팔매질로 별빛처럼 분사되었다.

생채기는 무언가에 놓여질

댓돌 같은 헌사로도 인식되었고

익숙해지지 않는 새로운 상처는

옛 상처를 헤적여 보며 친구 하자 일렀다.

몸을 웅크리고 스스로 빈손이 되어 걸려 있고 싶었다.

바람에게 몸을 기우뚱 기울여

굵고 뜨거운 불꽃에 바스락바스락

타들어 가고도 싶었다.

자연스럽게 소멸하고 싶었다.

두둑두둑 잔솔가지 분지르듯

관절이 아사삭 아사삭 태워지면서

찜질방 화덕 속처럼

여기가 안온한 무덤이려니 하려나

바람의 푸른 여백을 바라보다

애써 괜찮다 괜찮다 위무하던 공기들로

절로 부풀던 횡격막 아래

절뚝이며 걸어가던

내 생의 따뜻했던 지점에서

가슴을 쓸면서
정적을 부르던
적막 속의 그 저녁.

오월 무등산에서

박병성

소소리바람 한 무더기
등성이 타고 넘어오면
구름은 봉숭아 씨방처럼
금방이라도 터질 것 같은 울음

연두색 바람은 살랑살랑 조팝꽃 피우고
민들레 홀씨는 바람 따라 떠날 준비 마쳤는데
오월의 그 바람
미처 느끼지도 못한 채 산에 오르면
장불재 가는 길은
온통 피딱지 붉은 철쭉이구나

꽃봉오리 터지는 통곡 소리 밟아 가며
빛바랜 진달래 꽃잎 잘근잘근 씹어 가며
비릿한 피 냄새도 온몸으로 받으며
둘러보니 장불재
여기는 아직도 광장 같은 오월이구나

아, 오월의 꽃들은
여태 떠나지 못하였구나

그 눈물방울 그 핏방울 떨어진 자리엔
지금껏 풀 한 포기 나지 않고
섬뜩한 찬바람 감도는 그 자리에
흰 철쭉은 녹색 치마 옥양목 겹저고리
처녀 무당들인 듯

"아따, 이달 이짝에는 무신 제삿날이 이리도 많다냐"

관자놀이 핏대 선 젓대가락으로
잎새에 꽂힌 햇살 털어 가며
넋풀이 씻김굿이라도 하려는구나

그래, 나, 무심했던 세월이 부끄러워
길닦음 소리 바람 타고 끝나는 솟대,
서석대를 올려보며
이제사
오월의 뜨거운 바람 한 아름 안고
증심사 예불 소리 석양에 비켜 가는 길목에서

잊지 말라고, 잊지 말라고
소맷자락 붙잡는 풍경 소리에

가던 길 멈추고 뒤돌아서 합장하니

멀리서 내려다보는 놀에 젖은 입석대가

관음보살처럼 자애롭구나

10월

사방의 나뭇잎처럼 서 있는 그대

그리워

장다리꽃 너머로 엽서를 띄운다.

종일 문밖에 서서 기다리는 가을

답장은 오지 않고

밤은 깊어 새들이 떼를 지어 날아가고

어둠은 적막에 갇혀 말이 없고

어느 사이에 내가 살던 집도 없어지고

받는 이의 주소도 깜빡 잊어버리는 때쯤 해서

다시 엽서를 쓴다.

말하라 말하라

사방의 나뭇잎처럼 서 있는 그대

대답하라.

밤과 나와 담배가 멈춘 시간, 어느 날 박석준
―못 부친 편지

퇴직을 희망한 나는 8월 3일에 선택했다, 2년 전 사진을.
2014년 7월 토요일, 서울집회 참석 후인 밤 11시 45분
휴게소 컴컴함 속으로 대절버스에서 나온 빛들과,
밤과, 차 문 앞의 나와, 불빛 내는 담배가
멈춘 시간을.
그 밤에 나는 생각했다.
어떻게 말을 해야 할까 당신에게, 강렬히 느낄 수 없어[01]
내게 남은 게 없어, 떠나야겠어.

사람이 그리워서, 나는 8월 3일 오전 6시 30분에
페이스북에 제목을 달아 그 사진을 게시했다.
밤과 나와 담배가
멈춘 시간, 어느 날

시간이 멈추었다고요. 과거. 현재. 미래~~
칼국수 식당 여주인은 재료를 아는 만큼 나누고 잘랐다.
혼자서 웬 폼을 ㅋㅋ. 토요일엔 왜 꼴도 안 보인 거요?
내 삶을 거의 모르는 고교 후배 송 시인은
과거로 들어갔다. 후배는 금요일 아침에 보낸
문학반 출신이 아니어서 참석 안 한다.
는 내 메시지를 안 본 걸까?

8월 말 퇴직은 어렵다는 말을 전날 관계자한테서 들었다.

세상을 버릴 듯한 저 날카로운 눈빛

눈빛보다 약하게 타는 담뱃불이 더 강렬해 보이오.

친구 조 시인의, 그 사진을 찍은 조합원의 댓글을 낮에 보았다.

두 사람에겐 퇴직하겠다고 몇 달 전 말했었다.

나는 내 글에 오후 8시쯤

그리운 사람 그리워질 만큼만 시간을 두고 싶어서.

댓글을 달고, 집 옆 산책로로 갔다.

어떻게 말을 해야 할까 당신에게, 강렬히 느낄 수 없어[01]

소리 없이 노래 소절들이 흘러간다. 밤 10시 다 되어,

산책로에서 돌아와 컴퓨터에서 그 노래를 찾았다.

간혹 우울한 음색으로 나를 흐르지만

우울한 나를 가라앉혀서.

핸드폰 소리가 났지만, 다시 난 후에 열어 본다.

담배도 타고 속도 타 보이구만요.

너를 보면 어째서 소주가 먼저 다가온다냐?

서클 후배의, 형근 선배의 댓글이 있다.

나는 그 노래를 감상한다. 떠나고 싶다, 해 온 일에서.

멈춘 시간, 어느 날이, 글, 영상이,

말을 담고 있어서 과거로, 현재로, 미래로 향한다.

멈춘 시간, 어느 날이 1년이 된 오늘, 2월 말 퇴직을 한

나는 집에 있다. 사람 그리워하지만 발을 다쳐서 그냥.

01 〈I've Been Away Too Long〉의 한 구절. 네덜란드 록밴드 George Baker Selection이 1974년에 발표한 노래임.

숙희

몇 년째 병상에 드러누워 있는 그가
옆 병상에 문안을 온 소녀를 보고
숙희야, 자그맣게 부른다
볼이 발간 아이가 뒤돌아본다

누가 숙희 좀 불러 줘요,
머리카락 날리며 함박웃음으로 달려오는
꼭 다문 입으로 하늘을 쳐다보는

전쟁통에 기억상실증에 걸린 숙희
군인들이 점령한 도시를 배회하던 숙희
먼 섬에 가다 바다에 빠진 숙희……

모든 그리운 것들의 이름
불러도 대답 없는 이의 대명사

내 딸 숙희
내 달 숙희

평화의 말

박성한

여름밤의 무더위와 소란 속에서 묻는다

나무 이파리 같은 소망들은
햇살 속에서 반짝일 뿐
꽃을 피우지 못한 말과 글이
풀숲 속 고갯마루를 덮은 계절에

저 너머 푸른 바다 물결이,
간간이 불어오는 바람 한 줄기가
속시원히 묻는다

흐르지 못할 물길이 있느냐고
허물지 못할 벽이 있느냐고

흙을 밟아 본다

박세영

허허로운 들녘에 간담을 드러낸 산등성이
야윈 낙엽은 겨울바람에 나뒹굴고
흰 눈 오간 데 없이 산들바람 슬며시 다가온다
춘하추동 배려 않는 포클레인 손놀림에

산새들은 겨울잠 자다 말고

밭두렁에 쌓여 있던 흰 눈 속의 발자국
한 걸음 한 걸음 따라가고
깊이 파일수록 정은 깊어 작은 신발이 쏘옥,
산기슭 거친 바람에도 눈은 마냥 즐거웠다

두메산골 하얀 능선에서 잔가지들 긁어모아
지게 탑을 쌓고 허리에 지푸라기 동여매어
겨울 썰매가 따로 있나, 산타가 따로 있나
아슬아슬 꽃구름에 매달려 눈꽃 타고 너울너울

꿈속을 헤쳐 나온 게 엊그제인걸

운암산을 옥조이는 아파트 단지에
동네 사랑채를 내어준 서러운 흙을 밟아 본다

물의 마을

박소영

눈 감아야 오래 만나는 풍경

자맥질해 들어간 물속

휘어진 풀잎 끝에 달린 이슬

토란잎 물방울 둥글둥글 반짝

토방에 낮잠 든 신발들

장독 뚜껑 고인 물에 제 모습 비춰 보다

놀라 날아가는 잠자리

흰 점 찍으며 날아가는 백로

저녁놀에 흔들리는 강아지풀

눈을 감아야 보이는 세상

해변에서 쓴 편지

박소원

참았던 더위들 와르르 무너지는
정오, 알혼 섬 선착장 근처에
긴 해변을 걷고 있습니다
어떤 그늘도 드리우지 않는 모래 위에서
맨발로 걷는 법을 배웁니다
엄지발가락으로
당신의 이름을 '새'라고 썼다
쓰윽 문지릅니다
'새'를 지우고 나는 가벼워집니다
이름을 썼다 또 지우는 반복은
물고기의 습관 때문입니다
두 발바닥에 자주 물을 묻혀 가며
모래로 편지를 봉인하는 시간,
뚜껑 없는 해변의 우체통에는
저녁이 와도 어둠이 내리지 않습니다

못 쓴 시는 맨 나중에 팔게요

박송이

나는 몸에서 흘러나오는 피를 사랑해요
마른 가지에 틔우는 새순,
이걸 편지라 부를까요

눈물을 파는 시집이에요

시간의 구덩이를 파는 사람들 곁에서
나도 삽을 들고 서 있어요

삽을 들고 섰다네
삽을 들고 섰다네

신이 허락하는 한 우리는 저 하얀 백합들이고
둥글게 도는 나이테들이고

오늘만큼은 뭇별이 떨어질 것만 같아요
이제 막 떨어지기 시작하는

낙엽이 그러하듯 나도 그저
아무 말 없이 손톱을 깨물고 있어요

외, 로, 움, 은 저 하얀 백합들처럼 잠들고 싶고
저 가녀린 목은 향기롭고

무엇을 꼭 써야 할 이유는 없고
시는 그런 것이고

삽을 들고 섰다네
삽을 들고 섰다네

뱀

박원희

동안거로 들어가는 거사를 보았다
지난여름 한 허물 벗고
인간세계를 떠나가는 뱀을
실개천 지나
나무 옆을 지나
풀섶을 지나
따뜻한 바위에서 일광욕을 하고
가부좌로 세상을 바라보고
인간이 놓은 덫을 피해
산을 오르는
뱀
큰 거사를 보았다

나는 언제 한번 허물을 벗어 놓고 길을 가 본 적이 있는가
바람 부는 날 흔들리며 바람 앞에 서 본 적이 있는가

큰 거사 외줄기 바람처럼 굽은 길을 곧게 펴며
동안거에 드는

일념의 마음이 세상은 곧고

또,

세상은 한 가닥 꿈

동안거가 끝나면

무엇인가 되어 있을 터

가을에 부는 봄바람은요

박은주

폭우가 산봉우리를 흔들며 지나간 뒤
끊어질 듯, 끊어질 듯 아스라한 산길을 주워
누가, 꿰매고 있다

저 모래주머니며 쇠파이프며 실밧줄은 어떻게 여기까
지 지고 왔을까

그는 예전에 많이 아팠다는데…

그처럼 아픈 사람들이 찾아온다는 갓바위 가는 길…

여름내 흐트러진 그 길을 모아 이어 주더니
가을이 오자 약사암 넘어가는 산길을 다듬고 있다
아직은 불편한 것 같은 오른팔을 끙, 앓으며
기울 듯, 기울 듯 흔들리는 균형이 오른쪽을 끙, 붙잡
으며

먼저 아파 본 그가 가만히 부둥켜안고 있다…

혼자만이 아는 절망도 깊어지면 길이 된다는 걸
먼저 알아챈 그 사람

같이 가자고, 같이 가자고 길을 내밀며

봄인 듯, 봄인 듯 그 바람 속에 머리카락 날리며 서
있다

비를 긋다

박이정

너와 나 사이 유리벽이

겨울비에 차다

너는 나에게 무엇인가

투명한 유리는 벽이 아니라고

네 입술이 투망을 던지자

등과 등을 마주 댄 우리는

앞을 향해 걷는다

서로가 안 보이는 척할 수도 있지

냉기 흐르는 말그물을 톺아보다

생각의 돌멩이로 유리벽을 내리친다

나는 유리벽 너머

어둠 저편 환영처럼 뜨락에

검은 느티나무

가로등 불빛에 흩어져 내리는 유리가루비를 맞고 서
있다

나는 왜 여기에 서 있나

유리벽에 비를 긋는 주소 잃은 편지들

빗방울이 다음 올 빗물에게 자리를 비워 주며 흘러내
린다

너는 나에게

투명을 가장한 유리된 세계

원心분리기로도 나눠지지 않는

수많은 내가

반송되어 돌아온다

비가 긋는 밤

투명한 유리벽에

내가 갇혀 있다

수신처가 없다

박일만

아이들 돕는다는 모금방송
나의 손가락이 꿈틀댄다
눈이 퀭하고,
흙탕물을 당연하게 먹고사는 중이다
나무는커녕, 풀 한 포기 나지 않는 사막
검고 부은 얼굴에 분칠을 해대는 마른바람 속
흙먼지 뒤집어쓴 채 북적대는 아이들,
나는 뜨악해져 전신이 굳어 간다
저곳 정부는 뭣하냐고 쌍욕을 내뱉다가
저곳 위정자는 어떤 놈이냐고 삿대질을 하다가
항의성 침을 깊게 삼킨다
그곳에도 신은 계시는가, 안 계시는가
정부는 있는가, 없다는 말인가
맨발로 뜨거운 사막을 수 킬로 걸어서
겨우 길어 온 물이 흙들의 잔치다
방천난 정신을 가다듬고 전화 버튼을 누르자
동전 몇 개 던져지는 소리,
미안하구나 아프리카여!
하느님! 부처님! 알라님! 공자님!
거기 아무도 안 계신가요!
목에 핏대를 세워 외쳐 본다, 그러나

나의 목소리는 수신처를 찾지 못한다
공허한 메아리로 흩어질 뿐

봄에게 쓰는 편지

박정원

밤마다 그리움을 깁는다 하셨습니다
누구를 향한 바늘입니까
기워 보니 꽃밭에 온통 나비가 난다고요
바늘꽂이에서 고드름이 맺힌다고요
마침내 차가운 낙숫물이 떨어진다고요
그런데도 아마포 속의 새들은
꽃마리 꽃을 어떻게 알고 먼 데서 찾아오나요
나비는 또 어떻게 알고
소리 없이 고양이를 깨우나요
걸지 못한 작품들이 함박눈처럼 쌓입니다
한 땀씩 깁을 때마다
당신의 숨 자락은 더욱 촘촘해지고요
외곬 그리움을 기웠던 게 아니라
기워질수록 다가오는 당신이었습니다
외로워하는 사람보다 외로운 사람이 더 그리운 것처럼
사랑받는 사람보다 사랑하는 사람이 덜 외로운 것처럼

병산서원 뜰에서

박주하

제 몸에 수많은 눈알을 그려 넣은 것을 보니
저 배롱이란 자는 필경 눈 밝은 검객일 터

정갈한 몸짓으로 자세를 낮추면
백 년 푸른 새벽을 내려온 꽃잎이라 여기세요

한 잎의 눈짓마저
천 년 바람이 불러들인 음악입니다

때 없이 번지는 이별이 심장을 적셔도
어디로 가는지 가슴을 문지르며 묻지 마세요

깊이는 바닥을 모를 때 아름답습니다

티끌 하나에 모여든 길도 모두 꿈을 품었으니
멀어지는 일들은 그냥 그대로 두세요

당신의 칼날은
당신의 칼등에 기대어 자라납니다

괜히 다리만 뻴쭉해졌다

박철영

아침부터 부산했다 비가 오기 시작한 즈음 창밖을 기웃거린 맨드라미와 봉숭아꽃보다 키가 큰 해바라기 목을 쑤욱 뽑아 올려도 따라붙을 수 없는 채송화 눈만 통통해졌다 바람이 바람벽을 치면 해바라기 얼굴은 일그러졌다 덩달아 분꽃은 아랫도리에다 잔뜩 힘을 준 채 지금보다 더 거칠어져야 했다 그걸 바라보는 봉숭아꽃은 붉은 꽃물 툭툭 던져 사람들 손에 물들어 갔다 지워진 시간처럼 손톱 위를 마른 손으로 문지르면 추억 속 봉숭아 꽃물이 되살아나곤 했다 바랜 사진처럼 한동안 그걸 바라보는 눈빛이 촉촉해졌다 아무래도 비가 오려나 봐 중얼거리는 엄마의 눈도 가물가물해져 자꾸만 소식 끊긴 창문을 바라보았다 이런 날은 차라리 비가 오는 것이 좋겠다며 정수리까지 흘러내린 흰머리를 쓸어올렸다 하지 정맥처럼 핏줄 돋친 다리로 몽톡하게 버티고 선 채 시들어 버린 꽃물들 누군가를 기다리며 초조하다 창밖은 오래전 잃어버린 얼굴을 찾아온 다리들이 바람에 밀려왔다 멀어지길 반복한다 그것을 지켜보는 한 낮이 순간 예뻐지곤 했다

그대와 함께 갯벌로 가고 싶다 박흥순

갯벌이 옷을 벗고 가슴을 내보이기 시작하면
그대는 가래로 갯벌의 가슴을 파헤쳐 낙지를 잡아내고
나는 갯벌의 혈관 속에 낚싯줄을 드리우는
그렇게 갯바람 같은 한철을
그대와 살았으면 좋겠다.

그대는 더 많은 낙지를 바랑에 넣기 위해
쩍을 밟고서라도 가래질을 하고
나는 갯골에 밀물이 밀려와도
한 마리 물고기를 바구니에 더 넣기 위해
가난한 파도 소리가 되어 가면서
그대와 함께 살았으면 좋겠다.

그대와 함께 갯벌로 간다는 것은
달려오는 흙탕물이
갯벌을 통째로 삼켜도
태초부터 조간대의 아버지는 달이었다고
갯벌도 그 달의 새끼라고
그대와 갯메꽃 바라보며 웃을 수 있기에
그대와 함께 갯벌로 갔으면 좋겠다.

감언이설(甘言利說)

배재경

―수신 거절할 것이므로 나는 방사한다

8월 폭우가 장난이 아니다

밤사이 영산강이 대책 없이 범람하였고

섬진강은 잠 못 들고 너울너울 춤을 추느라

화개장터의 실종을 외면했다

낙동강 제방이 속수무책 김밥 터지듯 옆구리를 터트렸다

부산에는 미처 대피치 못한 하천변의 차량들이 참수당

하고

항구는 50년을 자랑하던 방파제가 유실되면서

피항의 어선들이 밤새 보초만 서다 꼬꾸라졌다

울릉도에서 귀항하던 유람선이 침몰 직전 구출되었고

피서객들이 코로나의 감시망을 피해 숨어든 계곡에는

주인 잃은 텐트들만 나뭇가지마다

자신들의 주검을 현란하게 내걸었다

거리의 반려견들은 돌아오지 않을 주인을 기다리며

무지막지 태풍 속에서 저항했다

컹컹이는 그들의 요구는 폭우에 가려 누구에게도 전달

되지 않았다.

남한강 어귀에서는 떠내려온 지뢰가 터지면서

삼 남매의 가장은 다시는 찾을 수 없는

자신의 발목을 찾으러 매일 밤 강변을 쏘다녔다

덩달아 어미와 아이들도 아비의 발목을 찾으러 집을 비

웠다

　그러거나 말거나 가장 안전한 대한민국이 있다
　저잣거리 삿대질만 난무하는,
　누가 뭐래도 넘버 원 대한민국

　여의도 1번지!

구두 한 켤레

배창환

아우 사십구재 마지막 날, 코로나가 칭칭 걸어 잠근 절
간 문을
어머닌 죽기 살기로 밀고 쳐들어가
대웅전 부처님 앞에 가지런히 놓았다
아무도 말리지 못했다

막내가 신고 갈 신발
두고 갔다고

정읍 단풍

백남이

내 아버지 고향이 정읍이라 원적이 정읍 이평
인생 말년에 귀향하신 부모님 덕분에
본가 터 바로 뒤 녹두장군 생가에 이르다
국민학교 적 큰댁에 갈 때면 서울서 온 계집아이를 위해
고만고만한 사내아이들이 수수대를 꺾어다 주던 그 집
그때는 몰랐던 내력의 마당가에 핀 단풍나무
포도시 그 마당 푸른 하늘 밑
살길 내어 준 아득한 함성 기억하는 단풍나무는
어느 해는, 타국 형무소에서 조국을 그리다 스러진
그들의 후손 구파[01]의 각혈 같은 단풍잎은
최후를 바쳐 달아오른 터진 복창이라

01 독립운동가 백정기 열사(윤봉길 이봉창과 삼의사 중 한 분)

푸른 손

봉윤숙

생을 놓은 손은 왜 모두 푸른색으로 보일까
모든 것을 쥐고 있을 때가
모든 것을 놓칠 때라는 듯
흰 천 밖으로 빠져나와 있는 푸른 손
중환자실에서 호명되는 시간에는 숲이 붙어 있다
매달린 초록을 되돌려 보내는 무호흡의 몸

파란 영혼들의 피부는 식물일까
풀들은 돋아날 때 가늘고 휘청거리는 시간이 있다
흔들리지 않는 초록이 있을까
평평한 잎사귀가
수면을 뚫고 오롯이 출현하는 푸른 손짓들
다행이라는 듯 마지막 계절이 손에서 푸르다
손과 발의 마디는 여름에 머물러 있고
다른 마디들은 가을이거나 겨울이거나 오지다
심장 떨리게 하는 계절
죽음이 편안한 계절이 있다면
가장 더웠거나 추웠던 생전의 계절일 것 같다

밖으로 밖으로만 융기하는 울음과 위로들
바람에 흔들리는 이파리들의 손사래가 은밀하게 퍼져

가는 동안
　통점으로 피어나는 손을 흔들며
　어느 계절을 향해 가고 있는지 아무도 모르는
　길목은 그림자만 바쁘다

　가을에 다다랐다는 듯 주름진 얼굴이다
　언뜻 본 주름에는 바람이 통하지 않는 머리카락들이
엉켜
　졸음이 쏟아지듯 왼쪽이 범람해 있다
　다시는 저 주름에 웃음이 돋아나지 않을 것이다
　익숙해지는 실종의 계절
　점점 마비되어 가는 여름의 구근만 모아 진공포장을
해 놓고 싶은

　무균의 중환자실이 심드렁해지는 저녁
　차트에 기록된 병명들이 모두 아픈 몸속에서 잠들어
있는

봉숭아

서수찬

그 애를 기억하라고 한다면
봉숭아뿐이 안 떠오릅니다
손톱 끝의 빨간 봉숭아물
내 발끝에서 머리까지 온통 물들입니다
서양 매니큐어처럼 야하지도 않고
뭐랄까 그냥 옛날 우리나라
여자 이름 같은 것 있죠
그 애네 집은 유독
봉숭아가 참 많이 피어 있던 것 같아요
낮에 나온 반달마저도
붉어지는 그 애네 집이었습니다
봉숭아, 자꾸만 마음에다 짓이기다 보면
그 애의 얼굴이 손톱 끝에 걸립니다
그 애에게 못 부친 편지는
봉숭아 밭에 가득입니다
손톱 끝을 풀고 그 애를 읽습니다.

타오르는 암벽

서정화

웱, 웱 불을 토하며 환희 붉게 출렁이네

빗물에 젖을지 몰라 가슴 깊이 넣어 둔 편지를 꺼내 보는데 땀에 젖어 눈물에 젖어 번진 주소에 받을 이도 몰라 다시 올라가 되돌려주려는데 자꾸 높아만 지는 암벽, 내 서른 날의 동백숲 하늘 찌를 듯 불길이 높아만 가네

상왕봉[01] 빗속에서도 잘만 타오르는 암벽이네

01 일제강점기 이후 상황봉(象皇峰)으로 불렸던 전남 완도의 주산, 상왕신과 상왕봉이 제 이름을 찾았다.

허공, 황금 작약에게

석연경

흰 코끼리가 숲으로 사라집니다 당신을 지나온 빛줄기가 숲에 드니 상아가 긴 황금 작약이 옵니다 바람이 붑니다 황금 작약의 시간에 누가 성벽을 쌓나요 형상 없는 그림자 비밀을 떠나보낼 빈 병을 준비합니다 태풍의 혀가 백비 사이에서 침묵하는 동안

절벽이 여럿 있는 바위산이 붉은 알을 품습니다 여린싹 연두 구름 한 방울이 눈을 반짝이며 당신에게 오릅니다 쿵 가슴으로 쓰러진 구상나무를 일으켜 세웁니다 천둥소리를 내는 두꺼운 책이 자랍니다 책장은 연비를 새기는 칼날입니다

벌거숭이 사랑은 없습니다 태양을 입고 별을 걸고 장마 망토는 부은 뒤꿈치를 덮습니다 목어가 침묵 사이를 떠다니고 있어요 물방울이 여린 줄기 식물처럼 올라가 은빛 구름이 됩니다 애절한 듯 절망이 눈부시게도 꽃피네요 황금작약이 흔들리며 가득 피다가 입을 오므리는 동안 허공은 허공인 채 있습니다

불기둥을 숨긴 회오리 사이로 지나가는 붉은 절벽을 봅니다 당신의 따뜻한 몸을 만지고 향기를 맡습니다 씨앗 이

야기를 듣고 있는 귀머거리와 광막한 세계를 꿰뚫어 보는 눈먼 자 꽃비가 내립니다 머물던 바위가 코끼리 걸음으로 파도 소리를 냅니다 예전 당신은 어디선가 피고 지었다가 익숙하고 낯선 풍경 새로운 당신이 옵니다

　황금 작약과 코끼리는 바위산을 오르는 허공입니다 당신을 너무 늦게 알거나 영영 모르거나 당신은 우주를 한 바퀴 돌아 지금 여기 있습니다 영영 사라지는 것은 없어서 우연인 듯 황금 작약이 핍니다

그해 봄

성두현

천천히 아침이 오고 있는 그해 봄은 개나리보다 더디게 왔다. 떠나지 못한 철새들은 막연한 불안의 실체가 되어 제 울음 다 울어 버린 백로들의 울음에 발목 잡혀 있다. 텃새가 되어 버린 기다림도 아무 그리움도 없는 외발의 마침표를 모래톱에 점점이 찍고 있다. 산비알 너부러진 언덕으로 까닭 없이 꺾여지는 굴절된 진달래 붉은 순정들은 달거리를 한다. 산꿩들의 구애(求愛)로 서둘러 초야(初夜)를 치르고 바람난 봄은 먼산을 넘어가고 있다.

꽃밥

성선경

모든 밥은 꽃밥이다

꽃이 피지 않았는데 어찌 열매를 맺으며

맺지 않은 열매가 어찌 밥이 되랴

혹 어떤 사람들은

밥 위에 꽃잎을 얹어 그 밥만

꽃밥이라 칭하는 사람들도 있는 모양

그러나 알고 보면

그 모든 밥은 다 꽃밥이다

한 톨 한 톨 알곡이 되기까지

꽃이 피어야 드디어 열매를 맺고

그 열매가 밥솥에서 뜨거운 김을 뿜는 이 시간

어찌 그 모든 밥이 꽃밥이 아니랴

우리를 다시 일으켜 세우는

뜨거운 이 한 숟가락

그 모든 밥은 다 꽃밥이다.

하얀 오월

손인식

하마 어떤 조짐이 있었지. "어두워징께 어여 집에 가자 이잉?" 동료들 권유 마다하고 시민들 폭도로 만들 순 없어 총기 반납, 긴 굴 빠져나가기 어찌 이리 더딜까 두 주먹 불끈 다짐을 놓고 기다린다, 아직도 어둔 새벽녘 크르릉 멀리 서울 가는 기차인가 번쩍, 우르릉 쾅, 멍-해진 순간, 고약한 냄새, 끈적끈적한, 쿨럭쿨럭, 어머니, 하얀 이팝꽃 지천이네.

밤새 뒤척뒤척 눈뜬 아침 사십 년 몸에 박혀 욱신욱신 해묵은 탄흔, 눈앞에서 총 맞아 쓰러진 그, 제1 광수로 명명되어 가족도 없고 시신도 없고. 혼자 살아남아 부끄러운 시민군 김 씨, 그날 그 자리 막걸리로 음복한다. 아픈 마음 삼키듯 지긋이 눈을 감고 "제발 있는 그대로 좀 보쇼. 속 뒤집덜랑 말고요잉" 전남도청 전일빌딩 금남로여, 아아 하얀 그날의 오월, 이팝꽃 피면, 이팝꽃 피면

기슭 송은숙

빠르게 달리던 것들은 왜 기슭에 닿으면 순해지는지
언덕을 타고 내려오던 바람과
바람을 타고 달리던 수원지의 물살이
손등을 핥는 개처럼 기슭에 엎드려 헐떡이고 있다

몇 마리의 개가 마당에 떨어진 대추꽃을 돌아보며 짐칸
에 태워지고
그 대추나무 아득히 물에 잠기고
이것은 한 세대의 종말, 아니 시작
그러니까 일엽편주로 호수를 건너온 달빛이 몸을 숨기
는 곳
나는 그늘로 숨어드는 달빛을 끌어당겨 낙엽 북데기로
덮어 주며
생의 가장자리로 밀려온 것들을 물끄러미 바라보는데
나뭇가지, 스티로폼 조각, 흙속에 반쯤 파묻힌 검정
비닐, 페트병과 병뚜껑, 이름이 지워진 실내화, 부서진
볼펜, 마스크, 플라스틱 손잡이, 종종걸음의 새 발자국
같은 것

이제야 말하는 거지만
달밤에 배를 띄워 호수 가운데로 들어가면

호수의 가장 깊은 곳에도 달이 뜬다던데

그게 하늘의 달이 비친 것인지

호수 속에도 달이 뜬 것인지

대추나무에 돌이 끼워진 낡은 집의 삼십 촉짜리 전구
가 아직도 깜빡거리는지

그 침침한 불빛 아래 누군가 밤새워 길고 긴 편지를 쓴
다는데

운이 좋으면

대서양을 건너온 병 속의 편지처럼

물살이 밀어 올렸다 가만히 놓아준 유리병을 건져 올
리고

그 컴컴한 내부를 오래도록 들여다보면서

물이끼에 새겨진 주소를 곰곰 읽어 가면서

선릉역

송진

바람이 불어와 나를 흔드네

혼몽 같은 잎사귀가 꼭대기부터 지네

나뭇잎이 8장 빨갛게 물들었네

8

오도가도 할 수 없지

8

선릉행처럼

돌고 돌아

다시 나에게

오직 나만이 나의 선물

선물꾸러미를 풀지 못한다면

또다시 선릉행을 타야 한다

돌고 돌고

돌고 돌고

이제 마쳐야지

이제 마쳐야지

이번 생에는

8

선물꾸러미 붉은 리본을 풀며

제대로 마쳐야지

미쳐 가지 않으면

마칠 수 있어

선릉역에 내리자

선릉역에 내리자

휘날리는 나뭇잎이 거기 있으리

쇼팽을 듣는 밤

신남영

　비 내리는 밤, 죽은 피아니스트들의 이야기들이 허공에 솟았다 떨어진다. 젖은 하늘이 무거워지도록 별빛은 너무 먼 빛일까. 검붉은 꽃잎이 떨어지듯 달밤에 연서를 품은 말이 달리듯 닿지 못한 입술의 살에 마른 피가 맺히듯 가슴을 밟는 것은 건반 위에 쓴 그의 시들, 어둔 꿈길의 새벽을 지나 아침이 올 때까지 밤마다 마른 잎 같은 몸을 덮어 준다. 녹턴을 사랑한 누군가도 이른 나이에 그를 따라 떠났지, 오늘 밤은 누구의 심장을 그의 제단에 올릴까.

天人地 律呂와 北女 저울

신세훈

—民調詩 258

天平線 거울 앞에

달이 뜨는 거울 앞에

저울 단다,

天平 저울(天枰) 동그랑땡

빨강불알추(錘) 샐녘불덩이 北女 샅으로 날아드느니,

들끓는 海平線, 물평선 雲平線.

250

청바지

일천구백칠십년대
청년 시절을 보냈으나
육십다섯에 난생처음으로
누구한테도 믿기지 않겠지만

추곡 수매 끝나고
무 배추 뽑아 놓으면 가겠다고
며칠을 벼르고 별러 작심하고
늦은 가을비 내리는 날

미군 주둔 방위분담금 따따불 인상과
지소미아 겁박하러
미국방장관 방한한 날,
살을 태우는 전태일의 화염이
사팔뜨기 진영의 검은 연기로
불꽃을 잃어 가던 날,
식량자급 반에 반도 안 되는데
이제는 개발도상국 훌 넘어섰다고
고삐 풀린 소가 웃던 날,
플래카드 잠바 속에 감추고
광화문 미대사관 쳐들어간 쌍팔년도 농민시위

그 기록을 새로 써야 한다고
광주 김정순 동지와 통화한 날

스무 살 때부터
양키문화라고 끝끝내 외면했었는데
최신 유행 신상품 청바지를
겁도 없이 농협 신용카드로 사서
존나 멋지게 입고
가을비 낙엽을 밟았다

뭐 별것도 아니네

귀

신준영

벼랑에 매달려 남자는 귀를 뜯고 있었다
바람에 몸을 묶은 채

사람 몸 중에 가장 나중까지 살아 있는 게 귀라는 거 알
아?
귀를 죽여야 마음이 사는 건데

그래서 남자는 그 많은 귀들을 자르러 다니는 건지 모
른다

저 문을 어떻게 할까요
못이었다가 숟가락이었다가 신이 된

문을 열면 너덜해진 무엇이 쏟아져 들어올 것 같다

너덜해진 입술 너덜해진 발자국
너덜해진
비행들

당신이 감아 놓은 언어의 뭉치들이 종일 창밖에 내리고
나는 수척해진 창문의 감정이 된다

저 문을 어떻게 할까요

내가 아는 나쁨의 목록들을 다 헤아려도 손가락이 남는
참담함으로
나는 나쁨 쪽에 한발 다가선다

가시를 뽑아낸 자리에 허무가 성장하는 일

내 안의 불온한 말들 중 가장 나중까지 남는 말이 당신
에 가깝다는 걸
나만은 알아듣지 못했으면 한다

내가 발설하고 내가 수습하는
혀 아래의
고요

치매안심센터에서

신현수

일주일에 한 번
홀로 사시는 어머니 집을 찾아간다
어머니를 찾아가는 건
별일 없이 잘 계셨는지
밥은 드셨는지
약간의 걱정과
자식으로서의 의무감 때문이지
어머니가 몹시 보고 싶어서
찾아가는 건 아니다
그런 내게 어머니는 갈 때마다
포도알을 떼어 주시거나
옥수수알을 떼어 주시거나
아이스크림을 먹기 편한 크기로 잘라 놓으신다
환갑이 훨씬 넘은 아들에게
엊그제 어머니 모시고 치매안심센터에 다녀왔다
어머니 돌아가시면
어머니께 일주일에 한 번 안 가도 되니
아주 편할 것이다
어머니 돌아가시면
시간이 남아돌아갈 것이다
어머니 돌아가시면

더 이상 귀찮은 일도 없을 것이다

없는 사람

심우기

기억에서 지워진 사람은 원래 없는 사람이었죠

모르겠어요 그 사람이 진짜인지 가짜인지 실제인지 가
공의 인물인지

사랑도 그래요 잡히지 않는 거잖아요

나도 나를 믿지 못합니다

매일 조금씩 기억을 지우며 사는 아흔 넘은 치매 할머
니는

정말 모르는 것 같아요 나를

나는 없는 사람입니다

앞에서 말 걸고 이야기하고 박수 치고 춤을 춰도 없는
사람입니다

굳이 기억되려 하는 게 우스워요

글과 그림 음악이 그렇죠

얼굴은 없고 이름만 남기고 싶대요

어제는 코를 잃어버리고 오늘은 입도 잃어버렸는데

내일은 뭐가 남을지 몰라요

여하튼 있는 대로 기억하기로 해요

없는 사람이 따스하게 포옹해 줄게요

부칠 수 없는 편지

별 달 구름 해님
하늘에 있는 것들을 좋아하던 엄마
85세 별자리로 돌아가고
49재가 얼마 남지 않은 추석이 옵니다

장을 맛있게 담그던 엄마
진작 장 담그는 법을 배워 두지 못한 후회
공들여 가꾸던 엄마의 정갈한 장독대가 생각나고

아버지는 상복 입은 자식들 앞에서
엄마를 고생만 시켰다고
아버지 자신이 잘못했다고 눈물을 흘렸습니다

지상에서 입는 마지막 옷, 수의를 곱게 입은 엄마
엄마가 내 엄마였다는 게 너무 좋았다고
엄마 머리부터 발끝까지 뽀뽀해 드리며 오열하는 나를
그러면 미련이 남아 못 가신다고 상조회사가 등을 토닥
였죠

백 년을 산다는 것이 축복 같지 않았어요
치매가 온 엄마를 보면,

개밥을 주고도 안 주었다며 자꾸 준 개만 살이 오르고
마당에는 개똥 천지여도 엄만 말라 가고

죽은 화분을 가져가면 다 살려내 꽃 피우던 엄마
새해 새 노트를 사면 엄마 뵙기를 일순위로 적어도
출근하고 퇴근하면 시간은 잘도 가고
주말마다 잘 지켜지지 않던 새해 계획

엄마를 닮아 웃는 얼굴이 환하다는 말 들어요
웃는 눈가의 주름이 만년 소녀였던 엄마
어떤 사람을 이해한다는 건
그 사람이 가진 주름의 골을 아는 것처럼

엄마를 선산에 묻는데
역대급 장마도 물러나고 햇볕이 쨍쨍했어요
세 살 때 여의셨다는 엄마를 만나
부디 행복하세요 우리 엄마,

주소를 찾습니다

안익수

안녕하십니까

바람 부는 날에
풀들과 줄넘기를 하다가
무릎의 흉터가 도져서 목발을 짚었습니다
물 마른 다리 밑에 언어가 살겠느냐고
달빛 가둔 빗장을 열었습니다
텃새는 산 가지를 밟는다 하여
외딴길로 발길을 놓았습니다
구름에 심지를 돋우어
광장에서 그림자를 떠다 밀며 살았습니다
바람은 빨간 우체통에 알을 품는지 고요합니다
까치 울음소리 부슬부슬 내려도
무지개가 동산을 끌어안는 것을 알았습니다
먹이를 찾아 나간 언어는 아직 돌아오지 않았습니다

날이 들면 다시 안부하겠습니다

나는 그에게

안학수

그가 이웃일 때
나는 그의 수저를
내 밥상에 놓아 주지 못했다

그가 동무였을 때
나는 그의 마당에서
기쁨으로 놀아 주지 못했다.

그가 형제였을 때
나는 기대어 오는 그에게
어깨를 내어 주지 못했다.

문득
이제 단 한 번이라도
만날 길은 없기에 울컥하다가

그가 머물 만한 저
먼 구름 노을 속을 뭉클하다가

머릿속 가슴속 모두 뒤져도
단 한 줄도 찾아내지 못한

그에게 보내 줄 만한 글귀

쏟아져 넘치는 건
나는 그에게 무엇이었나.

아무르강의 물결[01] 소리가 들려왔지 　오광석

　네모난 파티션 공간을 벗어나고 싶을 때 북쪽으로 여행을 떠나고 싶을 때 음악을 틀고 눈을 감지

　후드를 쓰고 거친 타이가 숲길을 걸었지 나뭇잎들 사이로 찔러 오는 날카로운 햇살이 몸을 관통하면 흐릿한 그림자가 흘러내렸지 후드 깊은 곳에서 솟아오르는 숨소리 아녜스 바르다의 모나처럼 헝가리 집시처럼 걸었지 빛나는 물결을 꿈꾸며 침엽수림 사이를 지나 아무르강가에 닿았지

　나만의 혁명을 일으키고 싶었네 아무르강가에 지폐를 불쏘시개 삼아 모닥불을 피우고 싶었네 시베리아의 밤바람을 느끼며 웃으며 잠들고 싶었네 노래를 부르던 어부는 사라지고 고기잡이 배 한 척 보이지 않는 강가 은빛 물결은 사라지고 없네 주저앉아 퍼져 가는 황혼을 보네 지평선에 불그스름한 석양이 걸릴 때 시베리아의 바람을 그리워하네 강가에 앉은 외로운 철새가 되네

　강 너머 동쪽에서 불어오던 바람이 멈췄을 때 눈을 떴지 날선 풍경이 눈을 태워 날리지 여전히 콘크리트의 숲에서 출구를 찾아 헤매고 있지 아스콘의 강에 차가운 철의 부유물들 방향타 잃어버린 선원들이 갇혀 떠다니고 있지 검붉

은 해가 저물어 가고 있지

01 막스 큐스가 작곡한 러시아 노래

금붕어

오영자

국화 화분에 담긴 몽우리들
금붕어 입처럼 퐁퐁 터진다.

한 모금 머금었다가
한 모금 내뱉는
여린 숨결의 여린 꽃몽우리들

금붕어들의 대화가 금방 시작되었는지
함성처럼 부풀어 터져 버린다.
하늘에 가 닿을 수 없는 함성
작은 메아리는 터져 곱고 환하기만 하다

하늘은 알 리가 없고
국화는 허공을 자꾸 뻐끔거린다.
몸에서는 국화 향기가 난다

부치지 못한 그리움 한 줌
가슴에서 퐁퐁 터져 바람에 날아간다.

작가적 품위

오인덕

작가는 나이 들수록
초심을 잃지 말아야 한다
초심을 벗어나
나잇값 하는 순간
작품은 사라지고
늙고 냄새 나는 노인만 남게 된다.

안부

오하룡

안부는
묻는 것이다

알고도 묻고
모르고도 묻는다

대답 혹은
답신 역시

알고도 묻고
모르고도 묻는

그리움 몽매(蒙昧)

결심이라고 했지요. 먼 길 나서는 소자, 알 듯 모른 체 서운했더랍니다. 수돗가 은행나무 허리 펴듯 곤한 심사 개켜 동구 밖 소실점에 하염없이 장승처럼 서 계셨더랬지요. 어머니, 아직 여전하여 송구 만천하 이룬 게 없습지요. 결심이 없겠어요? 그게 미약해서 그런 것을요.

흔들릴 때마다 고독한 모범 되어

저잣거리 이야기 고수 한 사람이 어떤 세계의 역사였고

앞서지 못한 유연함에 벗한 친구 뻣뻣해질 때쯤에야 선 술집을 나섰으니

매일같이 달콤하고 슬픈 서사에 흠뻑

무슨 예감이며 성공가도 원대포부 장래계획

다 소용없더랬지요.

결심이 없어서 큰 걱정이라더니

베어지고 소멸한 세월 한통속 배웅하며 삼키고

스탠드바에서 포차로 변신 세파에 야들야들 나긋하니 시방

엄두도 내지 못한 뉘우침 접으려 포갭니다.

그때 동무하지 못한 다짐과 맹세는 여전히 냉랭하여 더불어 금침 한 벌로는 상관하지 못했더랍니다.

274

섭섭하고 안달 난 자초지종 귀에 가득 청력 엷어지고

그 흔한 허리 졸라매듯 다그치며 일상을 흑색으로 칠하
지 않았으니

대세에 탈선한 미혹의 괴로움에 불편해하며

고만고만 마음을 어림짐작으로 그렸으니

은행나무와 수돗가와 동구 밖은 고스란히 세우고

아무래도 저세상 복판에서 또다시 '결심이 없어서'를 듣
고자 함입니다.

자전거 타는 풍경

우동식

파란 하늘 속으로
자전거 라이딩 중이다

평행선 그리며 출발하는 두 대의 자전거
가을 햇살이 바퀴살에 감긴다
체인과 톱니바퀴가 맞물려 돌아갈 때
세상이 당겨졌다 멀어졌다
얼마쯤 가다 보면
저만치 앞서 있거나
아랑곳없이
저만치 뒤처져 있거나,
서로 간극이 생긴다
철퍼덕 철퍼덕 체인의 헛바퀴만 돌리듯
삶은 늘 엇박자로 삐거덕거린다
속도를 내거나 늦추어서 간격을 메꾸어 보지만
금세 따로국밥이다
한 곡조로 부르는 불협화음이다
곁이 된다는 것은 호흡을 조절하는 일
서로 가만히 스며들어
동행의 순간을 늘리는 일이다
혼자서 행복해질 수 없는 법

원하든 원치 않든

체인과 톱니바퀴로 맞물려 돌아가야 하니까

바람에 부푼 자전거가

막, 구름 속으로 들어가고 있다

못 부친 편지

유강희

나는 편지입니다
누군가 부치지 못한 편지는
죽은 뒤에도 눈감지 못하고
푸르고 독한 별이 됩니다
세상의 모든 별은 그리하여
쓰레기통 속에서 태어납니다
그것은 잃어버린 말의 고향이자
우리가 마지막 찾아가 엎드려 울
일찍이 모른 척한 아픈 어머니입니다
나는 지금 어디에도 닿지 못한
누군가의 구겨진 편지입니다
누군가 버린 가엾은 개새끼이고
그래서 아직 누구도 쓰지 못한
불멸의 시입니다 때문에 너무
행복한 슬픈 편지이기도 합니다

당신의 순장

유순덕

당신은 동으로 난 서녘으로 누웠으니
한곳에 누워 서로 다른 곳을 바라보는 이곳은 사막입니다

잠든 당신, 우리가 잠시 손을 쥐었다 놓을 때마다 사구
아로 선인장들 차례로 몸 뉘는 게 보이나요
말 등에 올라 벌판에 새긴 우리만의 별자리들이 보이지
않나요

한곳에 정착하지 못하는 야생은 우리의 습성

동공에 붙은 당신을 위해 무릎을 굽히고 앉아 당신의 말
에 눈을 반짝일 수도 옷가지와 식사를 준비할 수도 없으니
이제 그만 당신을 보내 줘야 하겠는데

오늘 나는 머리에 쓴 금동관이 무거워 배웅할 수가 없습
니다

멀리 무덤 밖에선 마두금 소리 들려옵니다
말들은 제 자식을 위해 젖을 물리고 눈 감은 어린 양들
은 주인을 위해 가만히 제 목을 내어 줍니다

한곳만을 보는 뒷모습이 사랑이라면 수수만년 바람을
품은 바위가 되겠습니다

아무도 몰래 금이 간 그곳에
이끼가 자라고 물이 흐를 때까지

거문도

유용주

바다 한가운데
거대한, 푸른 문장이 숨어 있다

놀고먹는 소

유진택

황소가 강둑 위에 엎어져 있다
그의 오래된 버릇은
뭔가를 우물거리는 일
남을 씹는 것 같지만
태연한 표정에선
도대체 그것을 읽을 수 없다
밭이라도 갈아야 이름값을 하지만
늘 강둑에 엎어져
놀고 있는 신세가 고달프게 보였다
거품을 질척거리며 끌었던 쟁기는
허름한 창고의 유물로 삭아 가고
녹슨 세월만큼 그의 생도 따분해 보였다
집만 나서면
죽기 살기로 밭을 갈았던
그 옛날이 사무쳤기에
강둑에 엎어져
뭔가를 우물거릴 때마다
질척질척 거품이 흘러내린다

고택에 앉아

끝내 당기지 못한 채 머뭇대다 돌아선

그 새벽

사랑채 앞 문고리는 고산보다 높았습니다

신화 같은 기억들이 미혹의 버선발에 붉게 고이고

한 무리 홍학이 날개를 펼치고 날아갑니다

허공에 붉은 금을 그었습니다

약속의 말은 산보다 무거워

마음만 있으면 물 건너 돌아오리라, 홍학이 사라진 호

숫가에서

다시 물들 허공을 기다립니다

천 가지 법도 하나로 귀속된다는 진리 앞에

으깨지는 고수의 손길

애끓는 그리움도

집착의 기다림도 그렇습니다

천년을 흘러온 바람소리를 입에 물고

꿈속에서도 하나를 찾아 헤매는

미궁(迷宮)의 사람이 있습니다

아직 부치지 못한 안부가 있습니다

엄마 하고 우는 밤이다　　　　육근상

풀벌레 울음 가슴을 찢는 밤이다
먹감나무 이파리가 먼 길 다녀온 듯
툇마루 내려앉으며 적막을 깬다

나는 바람벽 비스듬히 누워
안방 바라보는데
한숨인 듯 앓는 소리인 듯
가쁘게 몰아쉬던 숨소리도 없이
텅 빈 방이
컴컴하게 뚫어 놓은 굴속 같다

나지막이 엄마 하고 부르니
아랫목 깔아 놓은 이불이
자다 꿈을 꾼 듯
누구여 애비여 언제 들어온 겨
아이고 깜짝 놀랐네
또 꿈속으로 들어간 듯 찌푸린 미간으로
고욤나무 가지 걸린 달이 노랗게 익어 간다

나는 컴컴한 빈방 향하여
또 엄마 하고 부르면

엄마는 바람벽에서 내려다보기만 할 뿐
아무 말 하지 않는다
내가 다시 엄마 하고 부르니
텃밭 풀벌레가 나를 따라 하는 듯
엄마 하고 우는 밤이다

편지 한 통

윤석홍

이젠 보고 싶어도 볼 수 없는
꽃가마 타고 가신 지 얼마 안 되었지만
지금도 그 자리에 계신 듯합니다

서너 시간 차를 타고 가도
만날 수 없는 초록 반달 자리
그 어디에도 보이지 않습니다

그 자리에서 눌러 보는
아이디와 비밀번호 네 자리
하늘을 여는 인증번호 열세 자리

아버지 만나러 그 먼 길 왔는데
인증번호 눌러도 부재중이라
편지 한 통 남기고 갑니다

흰긴수염고래와 멸치볶음의 역학 개론 윤인구

줄창 심란하게 비가 내린다
쪽방 사는 노가다판 개잡부 김 씨
장마철이라 일도 없고 매일 술로 산다
오늘 소주 안주는 멸치볶음 남은 게 전부다

흰긴수염고래는 몸무게가 140톤이나 된다
하루 몸무게 1그램도 안 되는 멸치 4톤을 먹어 치운다

농구공만 한 눈알을 번뜩이며 3미터나 되는 남근을 달고
거침없이 오대양 망망대해를 지배하는 흰긴수염고래

흰긴수염고래와 예쁜 멸치가 같이 사는 동화 같은 남해
바다

술에 취해 멸치처럼 쪼그라져 꿈을 꾸는 사내

오천 원짜리 쪽방에 쪽빛 바다가 가득하다

독도여

이기순

—2018 광복절에 독도에서

광복 일흔세 해
바닷물도 덩실 춤추는 날
하늘은 불덩어리 폭염인데
뜨거운 숨소리
떨리는 가슴으로
독도에 올랐어라

멀리 심해의 동쪽 끝
푸른 파도를 헤치고
배달 겨레의
넘치는 기상으로
우람하게 솟구쳐
하늘을 받치고 있는
저기
두 개의 바위섬이여!

동도와 서도
정 많고 의좋은 형제
국토의 귀여운 막내둥이로
서로를 마주해
겨레와 호흡하며

오천 년 유구한 역사를
지켜 왔노니
독도여,
그대는 내 나라 내 땅의
자랑스런 수문장이었네.

못 부친 편지

이다빈

부드러운 그 눈길이 흘러왔을 때
놀란 심장은 천둥으로 일어섰고
따스한 그 손길이 이끌었을 때
해와 달은 봄의 숨결로 파도쳤지

그냥 지나쳐 가도 될 것을
왜 하필 그 길에서 만났소
눈물 하나 툭 던져 놓고 간 자리
산수유 꽃숭어리 화염으로 일어나는데

단단하게 묶어 놓았던 마음
빗장 벗겨 하늘 달려가면
허공에 널려 있는 야윈 몸
손끝에 바스라지기만 하는데

길 끊어진 은산철벽
날마다 돌아오는 아침
빈산은 저리도 팽팽한데
홀로 붉어 가면 어쩌리

바람에 흩어져 버리는 몸의 깃발

제발 돌아보지 마

시간이 흐르면

저절로 하늘이 될 거야

길

이도영

열어 놓은 창문으로
헌 먼지가 나가고
새 먼지가 들어왔다
그 틈에 누워 있던 길도 따라
들어왔다.
길은 멀어질수록 하늘에 닿아 있다

아주 오래전에
사람이 길이라는 화두를
던져 주었던
원래 있던 진리는
새 목숨을 얻어
길의 끝으로 가 버렸다
미안했는지 다시 오마고 하였지만
기한이 없는 다짐이어서
거짓말이라고 단정할 수도 없어
난, 함정으로 내몰렸다
그러면서도
저절로 지어지는 건축물이라 하여
끊임없이 밟히는 것을 인내하였다
나는 다져지고

독사에 물린 다리처럼 굳어졌다

도구이며 방향이며 결론인
네 위에서 난 캄캄하다

국밥 한 그릇이면 됐다고 한다   이명윤

그래도 먼 곳까지 왔으니
신선한 생선회라도 먹고 가라는데
다찌도 괜찮고 고깃집도 가까이 있다 했는데
한사코 손 저으며 국밥 한 그릇이다

무슨 사업 한다며 여기저기 동창들 돈 끌어 쓴 뒤
외국으로 갔다던 소문 속 얼굴이
불쑥 눈앞에 나타났을 때
나는 어떤 표정을 지어야 할지 잠시 어리숙했다
국. 밥. 두 글자를 큼직하게 이마에 붙인
시장 모퉁이 식당 유리창 사이로
그렇게 찾아온 엉뚱한 저녁이었다

뜨거운 국밥에 깍두기를 통째로 말아
휘휘 젓는 사람은 위험하다는 생각을 하며
허겁지겁 국밥을 먹던 어느 대통령 후보의
눈빛이 게슴츠레 피어나던 저녁이었다

국밥에 씻겨 말갛게 떠오르는 얼굴이
당신인지 나인지 도무지 헷갈렸지만
우리는 침착하게 숟가락 위로

서로의 계절을 하나씩 얹어 먹었다

거친 도시의 빌딩과 사막의 별빛과
먼바다를 길게 돌아온,
간간이 행인들의 시선이 날아드는 유리창 너머로
표정이 훤히 비치는 저녁이었다

지난날들의 눈이 내리고
또다시 눈이 내려서
이제 메뉴판도 지워지고 없는 허름한 식당에서
국밥 말고 더 이상 주문하지 않았으므로
우리는 서로를 남기지 않았다

손바닥이 따뜻해진 날이었다
삼십 년 만에 민얼굴로 국밥이 돌아왔다

그 약속

이문복

지랑풀 뽑아서 풀각시 함께 엮던
너의 이름 생각나지 않는다.

보오얀 풀줄기 씹으며 손가락 걸었던
너의 얼굴 떠오르지 않고

달콤하고 향기롭던 지랑풀 속살 맛
이루지 못한 그 약속만 내 맘에 남았구나.

다른 약속들 챙기느라
내 삶은 고단하고 분주했으나

이승의 한세월 바쳐 지킨 약속들은
헛되이 세상 속으로 흩어지고

아직 풀지 못한 숙제, 너와의
마지막 약속만 끝끝내 남았구나.

요트[01]

이문숙

시월이라는데 아무런 '진척'이 없습니다. 양방향으로 가려는 게 다시 외곬이 되어 버립니다.

'폭'하고 터지는 한숨에 입고 있는 푸른빛 스웨터 팔꿈치가 헐어요. 한숨과 가벼운 접촉사고에도 시월의 목이 삐끗해요. 상채기 하나 없는 이 무증상의 통증이 나날이 번져요. 식탁에 놓인 수저가 혜성처럼 파래져요.

'심연'과도 같은 어떤 것이 스르르 와서 파랗고 일렁이는 어떤 줄 하나를 걸어 놓아요.

봐라, 이 줄이 뭔가. 파랑쥐치 같은 이 줄은 뭔가. 잡아당겨 봐. 먼 곳에 해일이 오니. 바다를 뒤집는, 흔히 푸른 파도 모양으로, 구불구불하고 탄력적이고 굶주린 동물 같은, 임박한 안달이 느껴지는.

('독서는 유배자의 음식'이야. 혹독한 빙각 위에서 산 이누이족의 '불편'이야. 그들이 하염없이 바라본 텅 빈 기근이야. 곰들과 순록 사이에서.)

그래, 그리스어로 '허공'은 심연abyssos이고, '튀어나온 절벽'이 문제problema라지. 시월의 허공을 봐. 발등을 툭 치고 떨어지는 도토리가 작은 '수류탄' 같지 않아.

환전상에게, 아님 무기 중개상에게 도토리를 주고, 이 세상에서 가장 작은 도토리 뚜껑 '요트' 하나를 사서 더 먼 섬에 유배를 가자.

가서 줄 하나를 긋고, 그것이 무엇이 될지 지켜보자. '문제' 하나를 부여잡고, '튀어나온 절벽'에 제비집이라도 짓자. 흰 새똥이라도 갈기자. 절벽을 부식시키자.

시월에는 한숨 파랑주의보. 입김이 영혼의 시금석이라 면, 한숨은 뭔가. 한숨이 터지니, 눈동자 앞에 잎사귀가 조금 물들고, 꼼짝않던 별자리가 조금 옴짝거리는 듯해.

('더 나은 것은 무형in-formis, 그래서 허기, 더 나아가 면 변형meta-morphosis, 그래서 호기심curiositas, 그래 서 대담, 그래서 탄력으로.')

그는 말한다. '마네는 수첩에 파란색 띠를 그려 놓고 대 문자로 적었다. Tout arrive. 모든 것이 온다.'

(온다)

한숨은 앞에 놓인 줄을 밀어내며, 그래도 허물어지지 않으려는, 조금은 '진척'을 이루려는 아주 작은 짐승의 뿔 혹은 도토리 뚜껑 배. 뿔이 먼저 덤불을 헤치며 가는 작고 야트막한 한숨의 폐허를.

시월 해역에 적조가 온다. 온다. 참돔이 솟지 않고, 반짝이던 세멸치의 비늘이 시늑하다. 앵무조개가 폐사한다. 그러나, 이 동요를 실어 오기 위해, 도토리 뚜껑 요트를 타고 떠난 해역은 기이하게 평온합니다.

당신은 '언어에는 말한 것이 절대 완벽해지지 않는 태만'이 있어, '늦게 온 자들에게 더 영역이 깊고, 모순에 부딪칠 일이 많다는' 위로의 파란 띠 하나를 전해 주네요.

시월의 산길을 내려오다가, 언덕에 멈춰 도토리 뚜껑 하나를 주웠어요. 그리고 한숨으로 불어, 먼 해역으로 밀어 보냅니다. 이 작은 요트를 당신의 '심연'에 받아 주세요. 늦게 도착해도 용서해 주세요.

이 진척이라는 도토리 배를 한 척

01 파스칼 키냐르의 '심연'에게

마두금

이민숙

말의 꼬리로 만든 악기

꼬리가 휘감아 버린 몽골 평원으로부터 휘도는 소리

설원의 눈의 빛의 어머니 대지로부터 깨어나는 소리

말의 꼬리에 감긴 하늘의 소리 구름의

밤의 별의 오리온좌의 북극성의 음성처럼

영롱한 마두금 연주에 넋 놓아 버린 이방인 아니 우리 서로 형제인 우주의 마음자리에서

울려 퍼지던 소리

마 두 금 말 꼬 리 별 꼬 리 달 꼬 리 여 우 꼬 리

오란터거 그 깊은 분화구를 끌어당겨 빚은 몽골말 꼬리

에 매화꽃잎 방울방울 벙글며 터지는 사랑

오 - 기억 속에선 찾을 수 없는 그 넓디넓은 높디높은

깊은 엑스터시! 때로는 가야금과 맺은 오누이 소리처럼

외숙모

손짓 하나로 사랑을 하고
자식을 낳고 마른 젖을 물린
무채색 수화가
밀도 높은 내 말을 여지없이 관통한다

한때 투쟁을 부르짖고 세레나데를 불렀던
내 입은
외숙모 앞에만 서면 며칠씩 입술이 부르텄다

내 말을 사발에 담아 말 무덤[01]에 묻고
긴 혀를 앞세워 문경새재를 넘는다
말의 굿판에 빠졌던 잇몸이 들썩거린다
거역할 수 없는 봄이
아물지 않은 말을 터트리고
말 무덤에 핀 야생초에는 혀의 통점이 돋는다

새의 부리에 혀의 끝을 맞추어 본다

외숙모의 수화가 문경새재를 넘어가도
내 말은 저 고개를 영영 넘지 못할 것이다
컴컴한 혀 안에서 제 이빨을 부딪치며

눈앞에 어른거리는 수화를 흘끔거릴 것이다

입안에 열꽃이 번지고
입술이 갈라질 때마다 새의 비명이 새어 나온다

외숙모가
손짓 하나로 새들만 실컷 울게 놔두고 있다

01 언총(言塚), 내뱉은 말을 묻었다는 무덤. 경북 예천에 있다.

우체국이 없는 나라 2

이복현

오래전에 선물 받은 시집 갈피에
아직도 꽂혀 있는 네 잎 클로버
당신의 마음이 미라처럼 잠든
추억입니다.

그대 가고 어느새
스무 번째 가을입니다
바람이 불어오고
마지막 꽃잎이 지는 저녁

나는 당신이
풀잎 하나에 적어 놓은, 그 사랑을
아직도 가슴에 간직하고 있습니다.

그럼에도 나는 차마
우체국이 없는 당신의 나라로
눈물 젖은 답신을 못 보냈습니다.

지금 나는
함께 밤을 지새웠던 호숫가에서
물위에 쓴 편지를 읽고 있습니다.

눈처럼 흰 깃 고니 한 마리
펜 같은 부리로 잔잔한 수면 위에
시를 씁니다.

물고기들도 그 시를 읽을 수 있도록
얇게 피어나는 동심원을 따라
저녁 별들이 호수 위로 내려와
네 잎 클로버가 꽂혀 있는 페이지에
황금 글자를 새겨 넣고 있습니다.

수많은 봄이 다녀갔지만
당신은 내게
아직도 오지 않은 계절입니다.

산국(山菊)이 여러 번 피고 지고
마른 풀잎과 헐벗은 나목에
서리꽃 무성하게 피었다 져도
당신은 내게 아직도
보내지 못한 계절입니다.

이렇듯 찬란하게 그리운 날
닿지 못할 편지를 쓴다는 건
몹시도 슬픈 일이죠

나의 엽서는 오늘도
바람에 쓸리는 가랑잎처럼
우체국이 없는
당신의 나라를 떠돌고 있습니다.

덖은밥 　　　　　　　　　　　이봉환

덖은밥이라고 국밥 비슷한 음식이 어린 고향에선 맛있
었다 겨울철 산에 들에서 푸나무 한 짐 검불 한 짐 가득 해
와도 자석새끼들 고픈 배 불릴 게 딱히 없을 때 어매들은
식은 밥 한 덩이에다 배추김치 몇 조각 썰어 옇고 물을 흥
건히 붓고 간을 한 펄펄 끓인 덖은밥을 한 그릇씩 떠 주었
는데 후루룩 하아, 후루룩 하아, 그걸 우리는 숨도 안 쉬
고 뜨겁게 퍼먹었다

한동안 우울했다

이상국

부끄러운 얘기다
건널목에서 실수를 했는데
젊은 운전자가 지나가며 쌍욕을 한다
그래도 고맙다
내 다리를 부러뜨리거나
어딘가를 못쓰게 만들지 않아서
그렇게 불행은 오다가 갔다
멀리 가거라
그리고 길바닥에 남은 일은
어쩌다 보행신호를 잘못 본
낫살이나 먹은 사람이
두 손을 들고 오래 서 있는 일
그만해도 고마운 일이다
세상은 건널목과 신호등 천지인데
금수처럼 돌아다니지는 않았는지
그날 아는 사람이 없어서 다행이었지만
그래도 한동안 우울했다

아파트 인드라망[01]

이선

차 한잔 들고 창가로 가면
맞은편 101동이 성큼 다가온다
먼 나라에서 내려오신 함석지붕들
푸른 하늘 모래알 이야기를 받아 적느라
자글자글 삼매에 빠졌다
꼼꼼하게 써 내려간 경문들
구절구절 기왓장마다
흐르는 법문이 팔만이겠다
이렇게 우리 마주 보는 거울이듯
모든 동과 세대들
주고받는 선문답이 무량이겠다
구구절절 날아드는 비둘기들
벽에 갇힌 창문들도 틈틈이 귀를 열고
질서정연하게 밖으로 향해 있다
한 치 흔들림 없는 수평의 감각으로
층층이 견뎌내고 있을 천장들
모두 하나같이 바닥으로 존재할 터
내가 딛고 있는 이 자리
아래층에서 받쳐 주듯
위층 이웃들 고단한 몸 뉠 수 있도록
내 생의 천장 높이 받드는 일

누겁의 업장을 녹이듯
하루하루 달게 받들어 모시는 일
삼키고 삼켜도 끓어오르는 솥단지 삼독을
식어 버린 한 모금의 찻물로 달래는 지금은
녹음이 독물처럼 퍼져 나가는 상심의 계절
저 멀리 하늘가 햇살 비추이는 아파트들
수미산 그물망처럼 펼쳐져 있다

01 인드라(인도 신화의 천신)가 사는 궁전에 처져 있는 그물. 부
처가 세상 곳곳에 머물고 있음을 상징하는 말.

부치지 못한 편지

이소암

떠나와 생각한다
그래도 꽃은 피고 졌으며
소나기는 무심코 다녀갔다
한때 이름을 거느렸던 꽃들은
상처도 아름답다, 단꿈을 매달 것이다
그러나 갈 데까지 가 본 사람은 안다,
저녁놀은 홀로 붉을 것이고
지금 외로운 사람은
누군가를 다시 외롭게 할 것이다
그대 나를 소인(消印)하라,
산 꿩이 흘리고 간 울음소리
들판 바람이 지우듯, 부디

보름밤 리어카길

이소율

고깃배 불빛에도 깜짝깜짝 놀라던 그가
보름밤 길이 밝다고
리어카를 끌고 떠났다
발목을 잡는 첫사랑과 가족을 떨치고
법관의 꿈을 접고 무엇에 홀린 사람처럼
쫓길수록 결심이 굳어지더니
십 리를 도망가면 이십 리를 쫓아오는
옷으로 본모습을 감춘 사람들
두근두근 심장을 움켜쥐고 떠났다
소식은 어디에 갇혔는지 오도가도 못하고
깜깜 무소식이다
그가 떠나던 밤 같은 보름밤
첫사랑 그 애의 눈과 귀는 길목에 골몰하다
보이는 것은 모두 만귀잠잠한데
이태백이 달을 건지려 들어갔다는
터무니없는 전설이 전해 오는
모래사장 끝까지 갔다가 돌아오기를 몇 번
휘영청 휘영청 실낱 같은 기다림줄 잡고
달이 지고 어스름 새벽
채석 돌판에 앉아 망부석이나 될까
돌처럼 굳어 가는데

갑자기 밀려온 파도가 뺨따귀를 후려친다

그대와의 해후

이송우

—산악인 고 임일진 감독에게

날씨 급변하는 히말라야에선
금한다는 고기 대신
쥐포 한 판 노릇하게 구웠는데

끝까지 산소통 거부하며
검게 죽은 입술에 고드름 달고
그대가 에베레스트를 내려온 밤

내가 얼음 끓인 물
홀짝이던 그대가
차갑게 식은 아침에

비닐 안에서 눅눅해지는
주인 잃은
쥐포 한 마리 붙들고
흐느끼던 나마저
구르자 히말에 묻혀

이제 내가 찍은 영화에서만
모두들 만날 수 있다

비워진 집

이숙희

비워진 집에 가을이 왔다
감나무 아래 널브러진 홍시
깜장개 지푸라기를 뒤집어쓰고 쳐다본다
정짓간 옆 장독대
빈 항아리 엎어 놓은 뚜껑 위로
길고양이 숨죽이고 지나간다
뒤안 댓잎 흔드는 바람
깨어진 독을 심은 작은 우물은
나뭇잎으로 뒤덮였다.
퍼내지 않는 우물은 더 이상 샘솟지 않는다

이 집 주인은 자그마한 여자였다
홍시가 떨어지면 두 개 되기를 기다렸다
스텐 밥공기에 홍시를 담고
우물 아래 쪼그려 앉아 끼니를 대신했다
앞날 계획보다 과거 기억만 반복하던
지난여름 집을 비웠다

홀로 외로운 노년
다시 가족을 꿈꾸지만
마늘밭 옆집 카페 뒷집도

비울 준비를 한다

가끔씩 비워야 하는 집을 만든 자식들은

눈물 흘리고 죄책감에 빠지지만

홍시가 끼니였고

가족이 돌아오는 노모의 꿈을

생각하기는 싫었다.

마지막 편지

이영춘

토요일 오후,
그대에게로 가는 마지막 편지를 부치러 간다.

집시의 샹송 같은 우울을 접어서
우울 속에 흐르는 눈물을 접어서
그대에게로 가는 마지막 편지를 부치러 간다

텅 빈 우체국, 우체통 속에
내 마지막 언어를 욱여넣고
돌아서는 토요일 오후

하늘 지붕은 낮게 내려앉고
그래도 남은 말, 못다 쓴 어휘 하나씩 골라
생각 밖으로 내던지며
절망과 슬픔을 앞세우고 나는
텅 빈 우체국 같은 빈집으로 돌아온다

길이 된 그대에게

이원준

　하루하루가 길임을 깨닫는 데 참으로 게을렀습니다 쓰지 않고 버리는 날마다 고스란히 새겨 있음을 당신은 아득바득 들려주고 떠났지요 구멍 난 방충망을 비집고 들어온 하루살이가 세상인 듯 치열하게 나는 동안 보였습니다 비로소 당신이 짚어 준 이정표를 읽어내 젖은 봇짐 따윈 생활의 등에서 가벼워지고 몇 년째 소식 없는 후배의 부재를 이제는 기분 좋게 상상할 수 있어 한여름 땀으로도 시원하다고 안부 전합니다

　길은 쉽게 구획되어 발아래 놓였지만 일상이라 여겨 머리 위 계단에만 익숙해 있었지요 보지 못한 것을 없다고 믿는 영장류의 한계는 철저히 슬펐습니다 형광등 주변을 날개 부러질 듯 나는 하루살이에게는 하루가 천국이고 자유였음이 뛰놀던 어린 아들 손바닥처럼 뿌듯하게 끈적이는 밤 그대여, 숨을 곳 없는 삶이 길을 만든다는 당신의 말을 타고 또 하루를 걸어가겠습니다 훗날 당신의 걸음과 만나면 다시 가슴 열어 더 세게 마음 끄덕이겠습니다

　언덕 아래 숲의 바람으로 남아 지금을 살게 하는 그대여 모든 인연은 사람을 남기고 기억을 남기고 잊지 못할 그리움에 오래 갇히는 시간을 두고 떠나는가 봅니다 당신

은 새로운 역사와 세상이 되어 나를 이끄는 이유가 되었습니다 오늘의 집에서 내일을 예감하다 당신이 된 길 위로 기꺼이 길을 남기겠습니다

가슴이 기억하는 그대를 어루만져 보고 싶습니다

미술 시간

이윤

너에게 가기 위한 기나긴 시간
칠해진 색깔마다 탈색이 되었어
노랑은 볏짚이 되고 빨강은 수숫대가 되어
어머니 가슴에 손을 얹게 했어
헛간에 쌓인 불씨 한 점 죽이려
물을 붓고 부었지, 나는 아이였고 불씨들이
물감을 칠하는데
그해 겨울바람은 바람이 아니었어
횃대에서 파닥거리는 닭들이 족제비 발목에
대문을 부수고 죽어 나가던 날
한바탕 북새통을 그리고 지나간 빨강, 빨강은

뽕나무 그늘 초록빛 아이
집 앞 산봉우리 가득 그렸지
빨.초.파를 합하여 지붕을 둘렀지
내 생에 최초의 집을 그려 흰색 이불 덮었지
어머니는요, 일찍 보색의 근원을 찢어 주셨지!
한 땀 한 땀 아주 독립적인 색깔,
아득한 생의 깊이가 무색 눈물방울로 피어오르던

그녀가 가 버렸다.

그녀의 애인도 사라졌다.

하현달이 동쪽에서 소스라쳤다

가장자리 맴맴 그리움까지 칠하고

또 칠하며 비스듬히 기울어졌다

모든 신경이 호흡이

온 힘을 다해 휭 돌아서 버렸다

사는 것이 그림처럼 총천연색이라면

이라면 하고 울먹거렸다

무색이 되지 못한 나는 슬그머니

그림 속을 빠져나왔다.

꽃길만 걸어요

이정록

꽃길만 걸으라는
편지를 받았어요

비단길만 걸어요
꽃 글씨를 받았어요

어찌 나 혼자,
꽃잎 살결과 비단 날개에
발자국을 찍을 수 있겠어요

당신이 올 때까지
꽃길과 비단길은 피하며 걷겠다고
길바닥에 박힌 돌부리를 캐내고 있겠다고
편지를 써요

비단을 수놓던 바늘쌈으로
누군가의 발바닥에 박힌
가시를 파내는 사람이 되겠다고
답장을 썼다가 지워요

그러다가 결국

당신 편지를 베껴 써요

당신도 꽃길만 걸어요
당신도 비단길만 걸어요

스물 무렵

이정섭

일상성과 특이성의 상관관계는 서로의 말이 뒤섞이던 그 골목에서 기원한 것 그래프의 궤적을 따라 쉴 새 없이 가로등은 요동쳤고 포장마차에서의 호언과 장담은 반복하는 기억의 극값이었던 것 그날 밤 골목을 미분하면 오렌지 빛깔로 물들던 가로등과 배설물 같은 감언이설들 가령 대흥여인숙 203호 온돌방에서 불안을 떼어 가며 이어 가던 끝말잇기라든가 미지근한 연애를 분해하고 조립하던 어둠이라든가 열린구간 내에서 주기적으로 진동하던 숙취라든가 소거되지 않던 아침의 냉기라든가 이불 속에서 몇 쌍의 미지수가 흩어질 때 어수룩하게 점근선 부근을 떠돌던 우리는 그 밤의 절반이었거나 절반의 절반을 위로하며 쌓이던 함박눈이었거나 그러므로 우리는 결론 없이 번식하는 소문이라는 것 망설이고 주저하는 그림자의 서툰 몸살이라는 것 눈 내리는 골목 끝 무한대로 발산하는 나선운동이라는 것 이불을 벗어나자 입김 속으로 난입하는 허기처럼 취한 밤을 건너 모호해지는 다짐처럼 돌이킬 수 없는 두통처럼 아침은 다시 영으로 수렴하고 좌표공간 너머 등을 떠미는 여인숙에서 습관적으로 더듬던 말들이 범람하는 모든 구간에서 흠뻑 젖어 부활하는 버릇 혹은 대답 같은 것

경선

이주희

네 아버지가 이름을 지어 달라고 했지
첫 손주가 출세해서 잘살기를 바라는 마음에
도리옥 선(瑄) 자가 떠올랐어
도리옥은 당상관만 달 수 있는 망건 옥관자
좋아하는 일 하면서 인정받았으면 하는 소망과
안성맞춤인 글자이지
높은 산일수록 애면글면하지 말고
맑은 물 하얀 구름 보며 올라야 할 것 같아
밝을 경(暻) 자를 살포시 얹었다

네가 시험을 잘 보았다고
한자 급수 시험을 통과했다고
수학경시대회 입상을 했다고
학교와 성당 행사에서
단상에 올라 바이올린 독주를 했다고
자랑할 때 이름 덕분이라고 흐뭇했다

동네 공부방 수학 봉사가 재미있다고 할 때
내가 틀린 말을 해도 타박하지 않고
그럴 수 있다고 다독여 줄 때
네가 큰 바위 얼굴처럼 보였단다

고등학생이 된 경선아

먼 길 다릿심 길러

새소리 듣고 산들바람 쐬고

밝은 하늘 보며 걸어가려무나

지구별에서 쓴 편지

이지호

너를 닮은 봄에게 통증을 맡기러 간다

한 학년이 끝나 갈 무렵까지 이름으로만 만난 사이
첫 번째 슬픔이라고 불러도 될까

흙 묻은 운동화를 신고 체육복이 젖도록 축구를 하고
싶다던
보이지 않는 유리벽에 갇혀
12월에 처음 등교한 너는
일 년 후의 너에게 편지를 썼지

어떤 편지는 방향이 무거워 속도가 느리다

봄에 자꾸만 갇히는 것 같다는 너는
열쇠 없는 삶에
자물쇠를 찾겠다고
벚꽃 연분홍을 따라 나섰고
하얀 국화가 놓인 책상을 남기고 멀리 떠났지

그해 여름 가장 뜨거운 햇볕을 쬐지 못하고
새물내 나는 체육복을 입어 보지 못하고

일 년 전에 부친 편지를 친구들은 모두 받았는데
한 통의 편지는 남아 아직도 방향을 잡지 못하고 있다
열어 본 편지에
화이트 크리스마스에 눈을 밤새 밟고 싶어

몇 년이 지나도
크리스마스에 눈이 오지 않아

세 번째 슬픔은 겨울마다 찾아온다

통증은 편지 바깥의 것이다

작은 꿈

이철경

전공을 살려 직장을 다니고 있지만
더는 힘들겠다 싶으면,
버스가 하루 서너 번 다니는
산골짜기 촌구석으로 내려가
작은 텃밭을 가꾸며 버스 기사가 될래요

쉬엄쉬엄 어르신들 태우고
읍내 갔다가 해 떨어지기 전에
함께 집으로 돌아오는
시골 흙먼지 날리는 신작로 길을 달리며
뽕짝 노래도 틀어 드리고
가끔 흘러간 노래 들려 드리며
추억 여행을 떠나는 버스를 운전할 테요

마을마다 굴뚝에 연기 피어오르고
서산에 노을 질 때는
오래전 사랑했던 당신을 그리며

눈물 훔칠 테요
혹시나 그대, 멀고도 먼 두메산골 이곳
날 찾아온다면

산골 버스에 날개 달아
천국도 보여 줄 수 있다오
곱게 늙으신 어르신처럼
어느 날 불쑥 당신이 찾아와 준다면,

꽃뱀의 노래

이하

꽃만 보았나요?

꽃만이 아님을 알잖아요

왜 그리 몰랐다 하시나요

황토 꽃담 옆에서

쑥부쟁이 나불대는 저녁 무렵

볕이라곤 없는 마지막 노을에

등 쬐다 공포가 피었지요

배신한 적 없고

거짓 또한 날름댄 적 없지만

사금파리 같은 노변에서 배 쓸리어

온몸 헐리는 건 몰라도

죽이기야 하겠어요?

키스야 바라지 않지만, 때마다

매방놓기야 하겠어요?

애초 꽃은 있어도 꽃 막대기는 없음인지

그것이 치명적인 공포를 몰고 올 줄이야

생각의 겨를도 주지 않은 독은

어느 신화의 모략인지 정작 난 몰라요

스스로 만든 독기가

평화를 위해서라 하고

느닷없이 날마다 동족을 죽여도

적당한 이유만으로
야훼의 용서를 받는 그대여
때로는 살아가는 데 지니라고
어미가 준 독마저
두꺼비가 준 독마저
독으로 쓸 수 없어요
지그재그 도망의 역사로도
그대를 사랑하거든요
그래도 용서받을 것 있을까
숙이지 못해 몸 말아서 빌어요
내 순정의 전부인 혀로도 빌어요
당신에 비하면
정녕 꽃인 내가

눈물의 낭떠러지

이해리

만날 수도 없는 곳에 너를 보내 놓고
구절초 꽃잎 끝에 달린 한 방울 이슬을 본다
너 없음으로 이슬은
떨어질 듯 떨어질 듯 못 떨어지고 있다
꽃잎 미련 늘리고 늘리다가
길죽한 물자루가 되도록 못 떨어지고 있다

너를 향한 미련의 끝에는 늘 눈물이 있었고
눈물의 끝에는 눈물의 낭떠러지가 있었다
그 낭떠러지에 서면
찬란한 파멸이 사정없는 가까움으로 다가오고
이 세상에서 가장 슬픈 것이 보였다
그것은 내 눈물의 낭떠러지를 너에게 들키는 것
들킨 채로 화려하게 깨어지는 것이었다
깨진 자리에서 너도 없이 한 잎 구절초로 피어나
가을을 맞는 것이었다

편지를 돌려보내며

이호석

불혹 갓 지난 그대가 이제 모든 미혹을 떨쳐 버리고, 마지막 안부 편지 대신 부고를 보낸다기에 황망할 겨를도 없이 서둘러 오랜 편지함을 찾네. 입대한 후 보내기 시작한 자네 편지는 족히 라면 한 상자가 아쉬울 지경이네.

돌아보니 우리는 기억나지도 않을 꿈을 꾸느라 너무 정신없이 헤매었지. 가위에 눌리듯, 도망치듯, 쫓기듯 상여를 떠메고 가는 기분으로 그렇게 살아온 게 아닐까 싶어. 이번 생이 꼭 그런 것 같아. 부디 다음 생에는 원하던 중노릇도 좀 하시게나.

그래, 우리는 모두가 시한부일 뿐이지. 자네를 추억하기 위해 편지를 읽는다는 게 도대체 무슨 소용이 있을까. 그건 로제타스톤 같은 것이지. 자네 목소리를 잊을수록 편지는 점점 신비한 고대 문자가 되거나 우리의 추억을 담아 두는 암호가 되겠지. 모두가 사라지고 바다만 남게 되겠지.

걱정하지 말게. 내게는 자네 목소리를 잊는 날이 바로 자네가 죽는 날이 될 걸세. 메리에겐 한 마리 작은 양이 있었지 않은가.

자네의 기품과 아취가 느껴지는 편지들은 제본으로 엮어 자네 아들에게 보내려 하네. 훗날 문집으로 엮는다면 좋을 듯하네. 일전에 부탁한 묘비명은 적당한 석공을 찾고 있네. 문구는 마지막으로 한번 확인해 주시게나.

　　하루 종일 기억을 더듬는 날 있네/지난 밤 꿈에 짓다
만 시를/아무리 더듬어도/손끝에 걸리지 않는 시를/오늘
도 망연히 기다리다/다시 또 서성이네/내가 할 수 있는 일
은/공연히 이것뿐이라네/이제 마지막으로 적네//죽음에
이르게 하는 시를 찾았으나/나는 아직도 살아 있고

　　가끔 자네가 그리워지면 어릴 적 함께 다니던 성당에
찾아가 기도문을 외던 자네의 목소리를 듣겠네. 늦은 밤
자네가 좋아하던 감잎차를 끓이며 이만 총총.

쑥

낮에는 풀이었다
텃밭 가에 자랐으니
낮에는 풀밭이었다
쓸모없었다

도로 옆에 붙어 있으니 길이었다
들여다볼 생각은 못 했다

걷는 사람은 느려도 바쁘다
역 뒤편 주차장에서 소방서 쪽으로
낮에는 지름길이었다
아는 사람만 알았다

밤이 되니 쑥이다
길도 아니고 밭도 아니고
늦거나 빠르거나 보거나 못 보거나
쑥이다

알레르기처럼 피는 꽃

임내영

그 이름 알려 하지 않았다

사발꽃 같은 겹꽃 터지기 시작하면
연인 만나듯
무작정 그곳으로 가지 않으면
심장이 터질 것 같았다

가지 끝까지 매달린 그 꽃 사이
매듭처럼 엮인 이파리 선율이고

꽃가지 하나 머리에 꽂아 주면
고백해도 될 것 같은
나무 아래서

눈 감아 그리며 맴돌다

그냥 지나가는 너를 보지 못하고
날이 다 가도록 기다렸던 그때

알레르기처럼 옮아 예민해지는
풀또기 앞에서

홍역 치른 뒤 고요처럼

소리 없이 그리움이 녹는다

북녘 동포에게

임백령

한글을 알고 말하는 동포에게 못 부치는 편지는
주소를 모르기 때문이고 이름을 모르기 때문이고
배달되지 않기 때문입니다. 그래서 더욱 보내고 싶은

수없이 머릿속에 차올랐다 사라져 버리는 편지
처마 밑 눈발이 치면 당신들 추위 걱정이 한 점 온기로
수많은 나비 되어 하염없이 날아가 눈망울 속 깃들었
나요

남쪽을 휩쓸고 올라간 태풍의 끝 바람 위에 또 몇 줄
안부
적어서 구름 쪽지 띄워 부쳤습니다. 눈꺼풀에서 듣는
빗물
얼룩진 눈물에 당신들 얼굴 비쳐 올지 모르는 황홀한
순간

아침을 짓기 위해 퍼 담는 하얀 쌀 한 사발
누군가 반야심경을 새긴다는 쌀 한 톨에다 함포고복
(含哺鼓腹)
네 글자를 새겨서 모락모락 김을 피우곤 합니다.

당신들의 끼니를 걱정하며 밥 한 그릇 익히는 남쪽

당신들의 따뜻함을 기원하며 눈발에 불어넣는 동족

당신들의 안부를 물으며 바람에 날려도 받지 못하는
편지

항구순대

배 한 척 정박해 있다
저 여자, 여기까지 흘러왔다
지나온 항해 거칠고 험했던 듯
이마에 패인 해협 골골이 깊다

막창순대로 소문난 맛집이다
하루에도 몇 번씩
가마솥 뚜껑을 열었다 닫는다
뒤집히고 또 뒤집히고
그때마다 뜨거운 무적(霧笛)이 운다

무적 속을 떠도는 섬, 섬들
저 여자, 막창을 꽉 채우고 있는 것은
그 섬들이다 섬들이 흘린
검붉은 선지이다
두껍지 않았으면 터졌을 것이다

가지런히 썰어 낸 순대 한 접시
쫄깃하다 꼭꼭 씹다 보면 어느덧
'항구순대'가 항구등대로 읽힌다

보내지 못한 편지

장세현

하늘엔 별,
지상엔 꽃,

그대의 삶도
그러하길…!

귀소

장옥근

나는 잘 있습니다

걷지 못하는 나무가 가만히 서서 봄 여름 가을 겨울을
맞이하듯이

나도 그렇게 모든 것을 받아안습니다

자연으로 가는 길에 그렇게 서서

빠르지도 늦지도 않게 서서히 갑니다

그 길은 당신이 바라는 대로 고요합니다

아니 더 많은 소리들이 들립니다

아이 울음소리 돈과 돈이 부딪치는 소리

개 짖는 소리 나와 내가 이야기하는 소리

옛날과 오늘이 만나는 소리

꽃이 피는 소리 꽃이 지는 소리

문이 열리는 소리 문이 닫히는 소리

섬진강 연어 떼들이 강물을 거슬러 오는 모습도 붉게
보입니다

온 힘을 꼬리에 모아 물살을 가을 햇살에 튕기며 뛰어
오릅니다

함부로 가지 않지만 멈추지도 않습니다

나도 스스로 그렇습니다

구만산이 온다

장유리

구만산 옆에 억산이 있다

생전에 밀양 이재금 시인께서
손으로 가리키며
이게 구만산이고, 저게 억산이거든
우리 동네 누가 아[01] 이름을 천석이라 지었는데
그 이우지[02]에 아를 하나 나가 만득이라 지었거든
근데 또 옆집에 누가 아 하나를 또 나아가[03]
나도 질 수 없다 이름을 억만이라 지은 거라

우리들 웃음소리에 밀양 강이 멈칫했거든
엊그제 같은 그 이야기

휴대폰 이름이 Ⅰ이 되고, Ⅱ가 되더니
눈 몇 번 꿈쩍이니 10에서 건너뛰어 이제 20인데
언젠가 100이 되고 1000이 되고
만이 되고 억이 되겠지

세상은 숨차고 가빠서 헉헉대는데
나는 읽어 주는 이 없는 편지를 오늘도 쓴다.

유예

장유정

경산, 다닥다닥 붙어 있는 선산 앞에 섰다 지상의 고단함 털어내듯 오늘처럼 추운 날의 구덩이 느닷없이 지난 기억을 세워 밀어 넣으면 겨울이 가고 나뭇가지가 부풀어 올랐다 금지 구역같이 더 깊게 파 들어간, 일찍이 겁에 질리지 않는 죽음을 본 적이 없다 쉬엄쉬엄 늑장 부리듯 더디게 오는 느림보 걸음으로 우리는 늙기 전에 슬픔을 나눠 가졌다 치욕과도 같은 싸움에 번번이 질 때마다 반발심 때문은 아닌데도 제각기 다를 수밖에 없는 방식들 근 오십 년 너와 나의 이름에는 돌림자처럼 똑같은 바람이 계속 돌아다녔다 내가 기껏해야 너에게 해 줄 것은 이렇게 부끄럽게도 쓰는 일뿐이란 걸 네 그림자밟기처럼 앞에 길게 출렁대는 흙을 꾹꾹 밟으며 허공에 귀를 대 본다 먼저 너무 위급한 울음의 뼈조차도 수치스럽게 바람의 언덕에 휘날려 보낸다 흔히들 그렇듯이 예측할 수 없이 심장이 멎은, 그리고 지금 이 순간 발을 떼는 사람들 결국 너의 머리통만 덧대졌다 대신 울어 주는 듯 걸음을 재촉했던 바람이 만가처럼 울렸다

우편번호는 명자나무 그늘

장이엽

당신은 사루비아 빛 노을
나는 손끝 스치는 바람
우편번호는 꽃잎 흩날리는 명자나무 그늘

문득 그냥 막 생각이 나서
하던 일 멈추고
시큰해진 콧날을 문지르며
혼자 지어 부르던 이름을 나지막이 불러 보는 오늘

잘 살고 있는지 괜스레 서럽지는 않은지
오랜만에 건네는 안부가 어색하지는 않을는지
손등의 주름이 시나브로 깊어 가는 중에도
간간이 그리웠었노라 말하면 나, 유치해지려나?

무심으로 보내 왔던 시간 안으론
셋 넷 부표가 떠다니기 시작했고
글씨체마다 움푹했던 쇄골도 조금씩 이뻐 보이는 날이
많아지고 있노라고

핑계 삼아 반짝이고 출렁이는 인사를 보내노니
당신, 그대여 언제나 안녕하기를!

무림, 서리 내리다

장재원

늦가을 비 후드득거리기 시작한
망경산 하산 길
잠시 정자 쉼터에 들어
배낭을 내려놓을 때
한쪽 기둥 주춧돌 위엔
양 앞다리를 합장하듯 올려놓고
가부좌한 당랑거사[01] 한 분
푸른 전투복 대신 회색 가사로 갈아입고
선에라도 든 듯 미동도 없다

잘나가던 무림 고수 시절
언제나 목 좋은 곳에서 보호색으로 위장한 채
구미에 맞는 먹잇감이 나타나면
콜!
전광석화처럼 갈고리 손을 뻗어 후리고
성가시기만 한 조무래기들에겐
꺼지라고 위협하며 침을 뱉었던
야비다리의 나날이었다

어느덧 된서리 내린 무림엔
눈앞 먹잇감 노리느라

정작 배후의 천적을 잊었던

다른 오줌싸개들의 잔해도…

부러져 땅에 떨어진 회양목 잔가지 같은

사마귀의 비손하는 듯한 두 손이 왠지

점점 짧아지는 나의 서쪽을 가리키고 있는 듯하다

01 당랑(螳螂) , 오줌싸개

7시

전영관

바깥으로 나가도 된다는 시간입니다

다리 넷인 의자와 한 몸이 된 이래로
주인의 신호에 달려 나가는 순발력
목표물을 물어뜯지는 않는 자제력
등등을 요구받는 사냥개가 되었습니다
신입사원 풋내를 돌아보니 아득합니다
꼬리를 사타구니로 말아 조아렸는데
결국 계급사회의 다반사였습니다
주인에게 무작정 부역하는 일이 미덕으로 칭송됩니다
주인의식이라는 착각입니다

바깥으로 나가면 유기견으로 전락합니다

가까이 사는 친구는 생업으로 바쁘고
동창은 바다 건너에 터를 잡곤 합니다
평일 저녁의 가족은 서로 낯이 설어서
휴일 늦은 점심 무렵이나 서로를 알아보고
프리사이즈 안부나 교환합니다

형……

외아들이어서 형이라는 호칭이 입에 붙지 않으면서

형, 그냥 불러 봅니다

퇴근 후 2번 출구로 걸어가는 사이

개같은 나날들의 저녁이 몰락하고 있습니다

핏빛 노을을 컹컹 짖으며 뛰쳐나갔다가는

어느 초보 운전자에게

참혹한 경험을 안겨 주게 될 겁니다

생계를 앞세우니 구차해서

퇴근을 위해 출근한다고 하렵니다

내 결기란, 나의 극단이란

젖은 종이가 다시는 원래대로 돌아가지 못하는 정도일 겁니다

혼자만의 자유가 두려워집니다

김훈 前 上書　　　　　　　정기석

　아마도, 유명 소설가 김훈은 지금 새 소설을 쥐어짜느라 기를 쓰고 있을 것이다, 편애하는 연장인 연필과 지우개를 족쳐대고 있을 것이다

　자전거여행을 KTX에서 읽으면서, 칼의 노래와 현의 노래를 트로트 메들리처럼 이어 들으면서, 밥벌이의 지겨움은 내가 훨씬 더 지겨워하면서, 너는 어느 쪽이냐고 묻는 말들에 대하여 사실 나는 남쪽이었다고 당당히 알려 주면서, 그가 읽은 책과 세상을 마치 내가 모두 읽은 것처럼 능청스럽게 관조하면서, 남한산성을 마치 청나라 졸병처럼 조심스레 기어오르면서

　그의 새 소설이 어서 천지창조되기를, 고대의 신이 들린 문체, 중세의 그림 같은 문장의 기세와 세계 접선되기를 학의 목으로 또 기다리고 있다

　살면서 김훈과 두어 번 몸으로 만난 적이 있던가, 한번은 서로 어울린 셈이고 한번은 그냥 나 혼자 스쳤을 뿐, 천구백팔십년대, 인사동 대폿집에서 떼로 통음한 자리가 초면이었을 것, 별들의 바탕은 어둠이 마땅하다고 주장하던 들판의 빈집 같은 시인과, 그러나 나는 살아가리라며

막말과 막일로 소일하던 불우작가가 동석이었을 것

　나머지는 서로 피차일반으로 정체불명, 신원미상의 무명문인 및 남녀노소 견습작가들과, 재능이나 글의 품질이 분명히 저급하고 불량한 게 분명한데도 기필코 글쟁이의 완장을 쟁취하고야 말겠다는 한 떼의 민간인들이 다투어 호전적으로 들러리를 섰을 것, 개중 일부는 그 정도는 아니라고 기분 나쁘다고 반박하거나, 그러는 너는 이 자식이라며 얼마든지 반격할 위험한 무기를 갖추었으나, 그래봤자

　그때 김훈은 특종보다는 문체로 유명한 신문사 문화부 기자였고, 그날 그 사건사고 현장에서 김훈 기자는 그것도 시라고 끼적거리고 들이대느냐는 가혹한 시평으로 어느 정도 사전 기획된 듯한 범죄적 술주정을 부렸고, 그 시를 개발하고 소유한 중견시인은 입고 있던 상의를 난폭하게 찢어발기며 니가 내 시를 알아라며 고가의 의복을 살해함으로써 장렬하게 마조히스틱하게 만취했다

　알고 보면, 사람에 대해 넘실대는 뜨거운 사랑이나 생활에 대한 무시무시한 두려움 때문에 발발되던 그런 터무

니없는 난장판의 풍광과 사연들이란, 주로 개자식들이나 양아치, 모리배들이 독과점함으로써 지역간, 계층간 내전이 일상화된, 그 악랄한 시절의 정치경제학에 폭행당하고 질식된 더러운 사회의 사람과 세상의 목숨을 끝내 이승의 전봇대에 간신히 붙들어 매 두곤 했다

어쨌든, 여전히 도통 어느 쪽인지 분명치 않음에도 불구하고, 사실 이쪽이나 저쪽이나 그놈이 그놈인 현대 한국사회에서, 언제고 노을이나 먹구름, 또는 폭설로 뒤덮일 인사동 뒷골목의 이모집이나 피맛골의 와사등 같은 고전적으로 데카당스한 대폿집 골방에서, 인기 소설가 김훈을 마주치게 된다면

지난날 우리 그렇고 그런 사이였지요, 평소 전혀 안 하던 짓인 먼저 알은체를 감행하며 찬 막걸리 한잔 가득 따라 드리면서, 그냥 닥치고 원샷이라며, 대체 사람 사는 세상이 왜 이 모양 이 꼴이냐며, 아무런 답과 대책이 없을 게 뻔한 술주정을 버르장머리 없이 부리고 싶다

엄마 생각

정대호

비 오는 저녁 우울한 시간
혼자서 창가에 서면
이제는 올 수 없는 먼 길 떠난 울 엄마가 생각이 나지.

중학교 다닐 때에
추운 겨울밤 학교에서 늦게 집으로 오면
언 볼을 만지며 언 손을 잡아 주었지.
방 윗목에는 밥상을,
이불 속에는 밥그릇을 묻어 두었지.
식을세라 보자기에 싸 두었지.
화로에는 냄비에 된장을 끓여 얹어 두었지.
부엌 솥에는 세수하고 발 씻어라 물을 데워 두었지.

집을 떠났다가 어느 날
밤늦게 집으로 왔을 때
맨발로 마당으로 나와 따뜻하게 두 손을 잡아 주었지.
캄캄한 부엌, 호롱불 켜 두고
무쇠솥에 불 때어 따뜻한 밥 한 그릇 해 주었지.
못난 아들 배고플까
밥 해 줄 수 있다는 기쁨으로 해 주었지.
그렇게 세월이 흘러

고운 얼굴 검은 머리 다 사라지고
돌이킬 수 없는 병이 울 엄마를 찾아서 왔네.

나는 해 주지 못했네
엄마에게 해 줄 수 있다는 기쁨으로,
무엇 하나 해 주지 못했네.
병실에서 혼자 아파 누워 계실 때
진통제 주사
어깨에 붙이는 진통제
온몸의 쥐어짜는 통증으로 힘들어하실 때
병실을 서성이며
내 손으로 해 줄 수 있는 것, 아무것도 없었네.
가만히 손잡고 흐르는 눈물을 참는 것밖에
아! 나는 아무것도 해 줄 수 있는 것이 없었네.

구월은 먼 곳으로 나를

가끔 알 수 없는 것들로
먼 곳을 바라볼 때가 있다

가을 호수가 물잠자리 몇을 품고 설레는 동안
무심히 지켜보는 일

불어오는 바람 따라 흔들리는
나뭇잎들에게 기대어 같이 흔들려 보는 일

너를 옆에 두고
먼 곳을 바라볼 때가 있다

가을 산에서 바람이 펄럭이다 내려가는 일

아득히 먼 곳으로 사라지는 일

구월은 먼 곳으로 나를 데려가지만

알 수 없는 일들로 내가
어둑해질 때가 있다

바이러스 시대

남편 친구 아내는 죽었는데
돌아가기 전에 제일 고운 화장을 하였다.
문상할 때 나도 모르게
아! 사진 잘 나왔다!고 말할 뻔했다.

완만한 햇볕이 경사를 이루어
두고두고 뇌리에 남는
그녀의 미소가 아름답다

하늘과 가까운 산 환하고
정상은 푸르기만 한데
중턱에는 황사가 인다

입자가 파동으로 말하는
마을, 한 시야의 질감이
풍경을 써내려 간다.

꿈속 마을은 안온한데
눈물 속에 반짝 미소를 짓는
그녀, 오래된 유머는
밤공기를 흘러 다닌다.

수시로 출렁이는
한턱의 물굽이가
마을 안쪽으로 정원을 엿보고

영기가 어린 산은 멀리서
서늘한 촉감의 이마를 짚으며
또 다른 생의 막을 형성한다.

'장인이 별세하셨습니다'

정선호

오랜 지인이 휴대폰에 "장인이 별세하셨습니다"
라고만 짧게 문자를 보냈다
그것은 갑자기 장인이 죽어 경황이 없어
문자를 길게 보내지 못했으나
문자 받는 사람에게 자기도 성의 표한 적 있으니
알아서 조문하든지 부의금 보내든지
성의를 표하라는 거였을 거다

또 호칭을 존칭어 아닌 '장인'으로 한 것은
자기도 작년에 사위를 맞았으며 언젠가 자신도
그의 장인처럼, 그를 장인이라 부르는 사위도
죽음을 맞이한다는 생각에서 그랬을 거다

지인은 문자 보낸 후 자신보다 경황이 없는
상주(喪主)와 아내를 대신해
장례식 일을 서둘러 처리하고 있을 거고
문자를 받은 사람들이 전화로 정황을 물으면
일일이 답했을 거다

장인 죽음에 깊은 슬픔에 빠진 상주 대신
사인과 나이, 발인 날짜와 장지를 안내하고

때로는 친한 조문객과 농담까지 나누면서

장인 죽음을 세상에 알리고 있을 거다

꽃잎 한 장

정성태

지나고 보니
허둥거리다 사라진
바람의 흔적이다.

부칠 곳 없어
막힌 심연을 할퀴던
눈물의 편지지다.

마음도, 몸도
낮아지고서야 비로소
깨달음을 부르는

거기 꽃잎 한 장
그것보다 더 큰 것이
세상에 또 있으랴.

심호흡하는 언덕마루

정세훈

파지 가득
주워 실은 리어카
떠밀려 가듯
끌고 가는 연로한 노파

버거운 짐에 밀려온
힘에 겨운 노쇠한 삶
행여 자칫 넘어질세라
파지에 깔릴세라

힘이 바짝 들어간 발꿈치
바들바들 멈추어 선
비탈진 내리막
심호흡하는 언덕마루

사막은 전부가 배반이야

정영주

—네게브 사막[01]

사막에서 표류하는 건 시간이야

바람 사이를 구름 사이를 달궈진 모래 사이를

제 몸을 부수며 돌아다니지

셀 수 없는 모래 알갱이들은

구릉으로 쌓여진 시간의 체적들이야

모래의 급류가 때론 블랙홀이 되지

사막엔 일상의 구원도 없이 전부가 배반이야

그 배반을 가장 익숙하게 받아들이는 게 생이지

난파의 가능성을 인정하며 가는 일이

그들에겐 가장 신성한 구원이 되는 거야

모래의 숫자만큼 꺼져 가면서 얻는

수확이 있다면 흔적 없이 자신의 상처를

제 칼로 베었다가 봉합하는 일

철저히 모래의 생이 되어야 저절로 봉합이 되어지지

찢어진 상처에 달궈진 모래를 쑤셔 넣는 일이

사막에서는 자연스러운 치유야

사막에서 견디는 일은 사유가 아니라 몸이니까

메마른 살갗에 붙은 모래의 수만큼만 목숨이고 수명인

거지

몸 안의 모래마저도 다 털어낼 수 없는 단순하고 명료

한 생이야

몸 밖에서 영혼을 보는 일과

영혼 안에서 몸을 보는 일이 사막에선 가능하지

그곳엔 모든 게 한가지로 통해

가볍고 경박하고 메마르고 거칠고

척박한 것을 목숨처럼 제 몸에 껴안고 사는 것

몸이 부서지도록 사막을 걸었어

그들이 제 몸들을 버릴 때같이

영혼을 놓아야 할 때를 기다리는 건 얼마나 지독한 고
행인지

우린 너무 몰라 얼마나 빨리 또 얼마나 느리게

이 거친 생의 사막을 떠나게 될는지

01 이스라엘 남부를 대부분 차지하고 있는 사막지대

2020 봄 2

정영훈

1
아름다움은
마스크로 가리워지지 않는다.

이마는 목련처럼 해맑고
눈동자는 봄천지로 가는 문.
고운 봄빛 감싼 매무새며
빚은 듯한 다리,
싱싱한 나무줄기여!

봄꽃은
신종코로나의
지구적 전파를 뚫고
눈부시다.

개나리꽃 무리
세상 곱게 물들이고
화들짝 피어난 벚꽃, 매화
이 아픈 봄 그늘 밝힌다.

2

감염도 봄을 막을 순 없다.
터질 듯 솟아오르는 봄
가로막을 수 없다.

파당적 코로나 같은
외곬 성토와 규탄과
턱없는 탄핵설 서릿발 이겨내며
촛불이
따뜻한 봄 향할 때

어색한 분홍색, 유사 문양
박통 시계로 통하는
'새누리', '신천지', 31번, TK는
다시금 코로나폭탄
촛불의 봄 막을 뻔했다.

3말 4초
공포의 검언유착으로
봄의 절정 총선
뒤흔들릴 뻔도 했다.

비리가 있었더라면,
누구네처럼
1억 또는 2억이라도
받은 게 있었더라면

3
촛불의 봄은 불사신.
구조하지 않았던 304명만이 아닌
모두를 위한
따사로운 열망과 헌신,
진단과 드라이브 · 워크 스루,
계절을 잊은 치료와 지원…

그 틈새로 봄이 왔네.
봄꽃 활짝 가득 피네.

아직도 악에 속한
무지와 지진(遲進), 탐진치
적반하장, 파렴치, 토왜의
무덤 무리 넘어

천심 담은 민심과
세계적 성원으로부터
승리의 촛불꽃 만발하네.
참 아름다운 사람들
아름다운 봄천지
찬란하네.

고사리

정완희

고향에 돌아와
허리 숙이며 고사리를 꺾는다
촉촉한 봄비가 온 뒤에는 연이어
우후죽순처럼 솟아나는 고사리들

작년에 꺾지 못한 고사리가
칡넝쿨과 환삼덩굴 잡초들이
지난겨울 눈 무게에 납작 엎드린 틈을 비집고
고개 숙이라 겸손하라고 고개 숙인 채
소록소록 솟아오르고 있다

고사리 데사리 먹었지
명태 대구 먹었지
어릴 때 누나가 들려준 노래는
오월의 하늘 메아리로 들려오는데
조기매운탕에 고사리를 넣고
대구찜에도 넣고

마당에 걸어 둔 가마솥에
고사리를 살짝 삶아 독기를 빼고
햇볕 좋은 장독대 앞 건조대에 말린다

나도 이제 세상의 독기를 빼고

고사리로 돌아가려 한다

구름 밑의 이정표

정지윤

—이산가족 상봉

멀리서 사람들이 끌어안고 운다
등을 돌려 떠나는 소나기는 짧고
구름의 거처는 고요하다

무중력 속을 오가는
구름들은 침침하다

달맞이꽃들의 힘으로 절벽을
찾아가는 폭포,

백두산 천지에
물방울이 맺혔다 사라진다

순하다는 말

정하선

가을날, 옛집처럼
남한산성 두부 집에 들렀네
순하다는 말이
어떤 풍경을 품었는지 알 것 같아
서로의 몸을 부드럽게 바라보는
물컹한 손두부 같다는
콩의 비릿한 살냄새를 알 것 같아
간수에 두부가 엉기듯
온화한 눈빛으로
글썽글썽 온몸을 만져 주는
그 입술에 닿는 것을 알 것 같아
소리가 없어도 빛나는 당신은
꽃의 중심에서도 테두리를 보는
다툼 없이, 씹을 것도 없이
스스로 으깨지는 순두부 같은
순하다는 말이
지금 얼마나 먼 길을 돌아
나를 찾아오는 중인지
하늘이 명(命)[01]한 것을 찾아서
배냇저고리에 묻어 있는
내 몸의 냄새를 맡아서

그를 찾아서

01   중용 제1장, 천명지위성(天命之謂性). 하늘이 명한 것을
성(性)이라 하였다. 여기서 성(性)은 아무것도 묻지 않은 그 자체.
옛사람은 본성대로 살지 못할 때 하늘을 두려워하였다.

보톡스의 온도

조규남

미간을 찡그리고 산다는 것을 들켜 버렸다

밤마다 침대에 누워
전전반측 파 놓은 난맥상을 간파 당했다

마스크에 가린 반쪽 얼굴에 느닷없이
보톡스를 한 방 쏘아 놓고 달아난 약삭빠른 녀석
미간 주름 자리에 정확히 바늘을 꽂았다

순식간에 벌게졌다
도톰하게 부어올라 주름살 활짝 펴졌다

유효기간은 얼마나 될까
사흘, 나흘, 닷새, 엿새

분명 실체가 있는데
보지도 듣지도 못한 녀석이 스쳐 간 자리가 가렵다
시간이 갈수록 점점 더 극성스럽다
내 주름이 얼마나 보기 싫었으면
이리 귀찮은 보톡스를 놓아 주었을까

내가 가장 두려운 것은 힘센 장사도
최고의 권력을 가진 자도 아니다

생면부지 알지도 못하면서 어디선가 마주치면
나도 모른 나의 허점을 정확히 꿰뚫고
흔적을 남기고 사라진 까만 산모기 같은 녀석이다

파란 장미

조길성

더듬이가 필요해

혀 짧은 손이

반 뼘 앞이 깜깜해

향기를 더듬거리는 한낮

열 살짜리가

초록에 꽂아 두었던 짧은 편지가

오늘 담장에 꽂혀 있네요

같이 읽어 보실까요

봉명암(鳳鳴庵)

조성순

경주 남산
아래 가면
법일(法一) 생각난다.

외롭고 힘들 때
고기 끊고 술 사 주며
위없는 말씀 들려주던
내 곁에 잠시 왔던
눈 큰 부처님

주환아!

가로등 아래

조숙

예전에 미처 몰랐던 달빛[01] 소스라치는 풀벌레 소리 꼬리를 길게 늘이고 풀숲으로 스며드는 뱀 발밑을 비추는 가로등 아래에서 부치지 못한 편지에 대해 생각한다 나는 그런 편지를 쓰지 않았다 미끄러지는 눈길을 걸어 오랫동안 끊어진 길을 걸어갔다 여전히 아름다운 사람에게 예전에 미처 하지 못한 말들을 했다 집으로 돌아와 샤워기 뜨거운 물줄기 아래서 굳은 것들을 씻어 내렸다 기름기로 흐릿해진 눈동자를 꾹꾹 쓸어내렸다 편지를 입으로 전하던 그때의 사랑 그 쓸쓸함에 대하여[02], 저류지 습기 가득한 밤길을 걸으며 생각한다 가을 꽃들은 벌레에 듬성듬성 꽃잎이 먹혔다 풀숲 안에서 살아가는 습기와 어둠과 작은 날벌레 그날의 길을 걷는다

01 김소월, 「예전엔 미처 몰랐어요」 차용
02 양희은 노래

꿈도 꾸지 마

조영욱

봉사활동 하고 표창장 받지 마

쿠데타 계엄령 역모보다 큰일

감옥 갈 일이야

대통령 되고 싶은 꿈

건물주 되고 싶은 꿈

꿈이란 꿈은 꾸지 마

털면 먼지 나는 범죄

일기나 편지는 지우고 태워 버려

꿈이 적혀 있으면 범죄 증거야

영장도 없이 긴급조치로 잡혀가

도청 앞 회색 건물 대공 분실에서

일기 편지 습작시 사진 책

탈탈 털어다 사십 일 동안

하루 스물두 시간씩 고문 협박

간첩 조작하던 꿈이야

악몽이야

인디언 기우제야

다시는 아무 꿈도 꾸지 마

바다감옥

조율

밭 전 자로 죽은 사람을 만나는 저녁

등허리에 글자를 쓰며 지우던 날의 습도 같은 건 알 리
없지
철썩, 무슨 때려치우는 파도 소리가 이토록 시원해?

업은 적 없는 등에
바다를 들였다
아니, 바다가 들었다

그런 바다 땅굴엔 콧물 같은 것이 산다
조금만 더 자잘한 레고를 맞추겠다 건의해 봐
그러면 해변 기숙사[01]라는 말이 똑,뚝
낭만적이라고 하면 낭만적으로 바꿔 들린다

흰 연하장을 닫았다가 열었을 때쯤?
열린 곳에서 모래사막과 파라솔이 만났고
지붕 없는 집들이 일어섰는데
그 사이로 손금 흐려지는 아침 해가 떴는데
그 해변 쓰러지지 않은 도미노 터널 속에

벵갈 고양이가 서서히 손목과 발목을 지우고 있다

벵갈, 뜻 없는 것이 붉게 타다 검다가 짙푸른 잎 되어서

렉스베고니아였던 화분에 흙을 덮어 뒤집기 하고 날아와

박힌 빨간 우산 꽃

피어나는 것을, 그 위로 떨어지는 빗물의 절취선을 보

았어야 할 텐데

방이 여러 번 바뀌었습니다

내가 아는 한의, 바다감옥은 이러했습니다

관엽식물 얹힌 창가 밖으론 창살이 꽃대를 올리고

말을 훔쳐 가는 이상한 감옥

속마음을 훔쳐 가는, 당신 몫의 황당한 냉장고는

두 통이나 두세 통이 기별하듯 투명하게 텅텅 기침을

했고

어떤 풍경 고물상들을 거쳐 저녁을 만들던 철이 되었을

까?

흐르는 곳 근처, 손잡이를 당겨 줄 때

지나간 그 바람이야, 그런 것을 분침이 지나간

자리라고 말해 본다

카세트 테이프의 다른 사용법을 알아? 톱니바퀴에 검지를 걸치고

눈물 콧물 같은 것을 틀어, 틀어, 막는 감옥이다

짓고 사는 사람 앞으로 발착하는 역이다

01 오에 겐자부로 소설『만엔 원년의 풋볼』에 등장하는 장소

부귀영화

조재도

(내 시는 짧다. 또렷하다.
읽는 순간 바로 효능이 온다.)

내 꿈은 부귀영화
사람들은 웃지만
진짜 부귀영화
혼자만 잘사는 그런 거 아님
갑동이 곱분이 함께 부귀하는
산토끼 다람쥐 같이 영화하는
그때까지 나
죽으면 절대 앙돼

어찌하여 그대의 마음이 슬프냐   조정
—한나

녹슬지 않는 칼을 배고 싶습니다

손잡이 없는 칼날을 낳고 싶습니다

오지 않는 향기에 취해 들소나 앵무새는 배지 못합니다

오지 않음에게 말을 거는 중얼거림이 내 화관입니다

내 자궁 벽화는 칼날입니다

쇠비린내 찬란하게 문신된 피를 이달에도 쏟고 말았어요

시인의 말

조정애

네 살이
열 살이
스무 살이
서른 살이
마흔 살이

그렇게
징검다리를 건너온 숱한 날들이
꽉 차게 들어앉은 적막한 그리움 속에
여객선 〈초춘호〉가 있다

그 배를 타고 아버지가
웃으며 돌아와
내게 늘 그랬듯이
과자 봉투를 내밀 것이다

나의 동심이
나의 젊음이
울음이 되고 노래가 되고
시가 되고 기도가 되어도
그저 막연한 소리들이

팔월 한가위 보름달이 되어
하늘에 떠 있다

아직도
네 살이 보름달에게 또 묻는다
역사에서 지워 버린
나의 아버지는 어디 계셔요?

산길

조철규

―산은 그렇게 오는 길이다

저기 길이 있다. 길은
오고 가고 하는 이야기
산이 되어 있다.

산은 수없이 솟아
깨트린 울음, 벌어진 웃음
끝없이 있다.

삼삼오오 둘러앉아
하는 이야기
길이 되어 있다.

아무리 캄캄한 길도
청아하게 흐르는 산빛이 있다.
숲으로 내려앉은 별빛이 있다.
전설이 쉬고 있는 계곡이 있다.

산은 무색 바람만 맞아
안개가 흐르는 산등을 감아 안고
고향 집 뒷산 어미 품 같은

아늑한 마을, 여울이 있다.

아무리 어두운 밤이 되어도
넉넉하게 자리 잡은 산 주위로
너도나도 등을 달아 불을 밝히고
서로가 별이 되는 잔치가 있다.
무변(無邊)하여 흐르는 은하가 있다.

그래서 '응애' 하고 오는 것이다.
그렇게 별세계로 오는 것이다.
길은 그렇게 오는 산이다.

자연은 철 따라 옷 갈아입고
길이 되어 가는 굽이굽이 돌다 보면
산의 높낮이 절로 깨닫고
하늘은 탁 트여 장천구만리(長天九萬里)

아하! 하고 가는 것이다.
그렇게 별세계로 가는 것이다.
산은 그렇게 오는 길이다.

헐린 집터마냥 웅크려 있는 벗에게   조해훈

속절없이 기다리는 시간이 많은 지리산 첩첩산중 위로
무슨 경계를 지우듯 파란 하늘이 높아져만 간다네
베어내도 베어내도 나를 비웃듯 풀 자라나는 녹차밭
에서
코로나 사태가 아니더라도 어차피 한번 나가기가 쉽지
않은
하늘에서 보더라도 우거져 찾을 수 없는 산짐승처럼
살고 있다네
천 리 길이라도 사람 간에는, 더구나 한 시절 함께 울
분을 토하던
젊은 시절 그대와 내가 기울인 술잔이 얼마나 되던가
일을 그만두고 하릴없이 하루하루 근심에 지새운다는
그 강하던 마음 약해져 의지할 곳 없어 술병을 자주 찾
는다는
가족들 건사하느라 제 한 몸 건사하지 않고 바삐 살
아온
그대의 힘든 세월을 격려하고 나도 거꾸로 위무를 받
으러
당장 달려가고 싶네만 부스러기 같은 잔일들이 놓아주
지 않으니
좋은 날 받아 버스를 몇 번 갈아타더라도 발이 부르트

도록

　달려가 흔적 없이 지나간 시간들 되돌리며 밤을 지새
우세

　우리의 이야기들이 깊은 산의 잔설로 흩어져 하나도
남지 않을지언정

　여러 질병을 안고 살지만 아직 내 양다리에 조금은 힘
이 있으니

　그대 만나러 가는 길이 멀어 한 끼 굶는다고 그게 대
수랴

( )

땅끝마을의 김경윤 형은
문자 끝에 늘 합장한다
불심이 땅 끝에 이르러
괄호 사이 다 비워내고
남녘 바다로 문자를 보낸다

채울수록 멀어지는 합장
왼 호와 오른 호를 모으려고
바다도 자갈밭에 이마를 조아리며
하루에도 오체투지 백팔 번
땅 끝 쪽으로 호를 민다

먼 두부

천둥번개가 비를 몰고 가는 저녁 하늘에

늘어나는 저 흰 뭉게구름은 가마솥 안에 숨 들던 순두

부 같아요

남들이 가난하다고 하는 우리 집

우울하던 밥상이 환해지던

맷돌처럼 숭숭 구멍이 난

엄마의 손두부

요즘 누가 맷돌을 돌려서 두부를 만들겠어요

그러니까 더욱 엄마의 두부가 먹고 싶다고

하늘을 쳐다보며 떼를 쓰고 싶지만 창문을 닫아요

아무래도

멀어지는 천둥소리가

맷돌이 돌아가는 소리 같아요

유리문에 떨어지는 빗방울이

두부를 만드는 엄마 이마에서 흘러내린 땀방울은 아닌

지요

번갯불이 아니라

가마솥 아궁이 불빛인 것만 같아요

엄마

장바구니에 포장된 두부가 집으로 올 때

사발에 담긴 젖 냄새 나는 두부는 있어요

온기가 식었지만 두부의 그림자는

여전히 그 온돌방입니다

측백나무 편지

주석희

손금을 가만히 만져 봐
초록 안쪽에 맥없이 지고 있는 갈잎을 봐

저토록 훤칠하고 빛나는 등이
기꺼이 유폐된 가슴의 이면이었으니

속으로 무너져 내려도 서슬 퍼렇게
세상 밖으로 나아가야 하는 모진 아이러니를 좀 봐

뿌리가 밀어 올린 바람의 궁리를 둥글게 말아서
아직 이름 짓지 못한 너에게로 가 보려 해

귀뚜라미가 겨우 잠을 청하는 아침 햇살을 촘촘하게 마
셔 봐
새로 돋아날 나이테를 가만가만 더듬어 봐

어떤 이가 체득한 사랑의 은유법일까?
작은 별들을 껴안고 내면으로 깊어지고 있는 겸손한 측
면을 좀 봐

나의 작은 가슴을 소상히 짚어서

노을의 붉은 트랙을 모두 밟아서 기어이 네게로 가 닿았으면 해

수신인 부재중

주선미

온통 빨간 가시 돋은 여름볕 머리에 인 채
낮은 담 휘돌아
키 머쓱하게 핀 능소화
칭칭 감은 전횟줄
아이들에게 전해 줄 말 삼키고 있다

먼저 떠난 남편에게 보내는 400년 안부
원이 엄마[01] 한겨울에도 절절하게 타는 마음
알알이 붉게 피어난 꽃 편지

평생 고2 엄마와 아빠로
애타는 마음만 바람에 실어 보내며
살아갈 사람들

내가 부르는 노래 내 아이 귓바퀴에 닿기를
노래를 불러서 네가 온다면
죽는 날까지 그치지 않을게

밤하늘 가장 밝은 별로 떠서
맑은 눈으로 바라보고 있을 너,
가장 흔한 사랑한다는 말조차 전할 길 없어

돌개바람에 묻어 둘 뿐

뒤집힌 수렁에 깊이 갇힌 시간 6년이 지나고 7년,
공소시효
초읽기

416 합창단 붉은 꽃 걸음, 번지수
수장된 팽목항으로 더디게 가고 있다

01 능소화에 얽힌 이야기 중 4백 년 전 조선시대에 죽은 원이 엄
마가 남편에게 쓴 글

밥 덜어 주는 여자

주영국

함평 나비휴게소 어느 후미진 자리
곰삭은 내외가 밥을 먹고 있다
라면 한 그릇에 공깃밥 두 개
무안 어디서 양파라도 캐고 온 것인지
노란 단무지에도 맵싸한
양파 향이 배어 있다
여자는 새처럼 오늘
만 원 더 받은 일당에 꿈이 부풀어
내일은 두 고랑만 더 캐자며
남자에게 밥을 덜어 준다
남자가 여물 먹은 소처럼
밥을 새김질하는 동안에도
여자는 더, 더 북쪽으로
날아갈 준비가 되어 있는데
남자의 울대에는 자꾸만
여자의 두 고랑 두 고랑이 걸린다
내일은 충청 이남으로
단비 내리겠다는 소식도 몰라
나비가 어깨에 앉았다 간지도 모르고

보고 싶다

소녀 적 이른 아침 다락방 창문을 열면
냇물 건너편 둑에
내가 나타나기를 기다리고 있는
소년
서로 멀리서 바라만 봤어도
바람과 시냇물에 실어
잠깐 소리 없이 주고받던
뚜렷이 알 수 없는 설레는 말들
학교에 늦을까 봐 곧 창문을 닫으며
꽃이 되던 나

그 소년은
아침 햇살이었을까
꿈이었을까 희망이었을까

'보고 싶다'
한마디만 쓰고는 못 부친 편지를 품고
구름 따라 발이 부르트도록 걷던 길

이제 하얀 머리칼 흩날리면서도
아직도 편지를 품고 떠도는 것은

'보고 싶다'

단 한마디 말의 힘이리라

아버지와 꽃

아버지는 오래된 나무였다
아버지는 겨울이 오면 산속으로 떠났다가
겨울이 지난 후에야 집으로 돌아와
뒤뜰에 큰 나무로 계셨다
가끔 나무 그늘이 되어 주었고
아카시아 꽃향기가 날리는 오월
친구들과 약주를 드시고 늦은 밤이면
삐걱거리는 나무 대문 앞에서
죽은 큰형 이름을 부르곤 하셨다
기다리시다 문을 열어 주시는
어머니는 아무 말도 하지 않으셨다
남은 자식들을 앉혀 놓고 미안하다는 말도
세상을 살아가는 가르침도
특별히 하지 않으셨다
가을이 지나 겨울이 오면
가방을 싸서 산속으로 떠나셨다
아버지는 어느 봄날 온몸에
여러 색의 꽃을 달고 오셨다
붉은 꽃 푸른 꽃 하얀 꽃
온몸에 피어난 꽃은
늦은 봄눈처럼 금방 사라져 버리고

아버지는 뒤뜰에 말없이 나무로 계셨다
이제 아버지는 눈을 감으셨고
말없이 나무 속으로 들어가셔서
새봄이 와도 온몸에 꽃을 달고
돌아오시지 않으신다

가을 편지

천금순

가을입니다
강릉 입암동 솔밭 아래
새벽닭이 울어댑니다
어젯밤 창밖
붉은 십자가가 지는 노을에
유난히 빛나고 있었습니다
입암동에도 코로나19 확진자가 나왔다는
안전 안내 문자가 떴습니다
그럼에도 저편 하늘
아침 해가 어김없이 떠오르고
촛불맨드라미 꽃이 하얀 극점과 같은
이 어두운 현실을 밝히듯
색색의 촛불들로
뜨락을 환히 비추고 있습니다
누구라도 그대가 되어 받아 줄
어젯밤 쓰다 만 편지와
듣다 만 노래를
풀섶 가을 벌레 울음으로 대신 묻어 두렵니다
내 어제의 가을도 그러하듯
저 혼자 감나무 열매들이 홍시가 되어
까치밥으로 매달려 있고

담장 그 너머 보랏빛 달리아 꽃들이

쓸쓸한 마음의 위안을 줍니다

코와 입을 막고 짧게 새우숨을 몰아쉬며

살아가야 하는 코로나19 재난의 시대

몸도 마음도 아픈 그대는

어제 밤새 앓는 소리를 내며

잠이 들었습니다

앞집 닭이 또 울어댑니다

그 울음소리와 코 고는 소리 사이

음악이 흐르고

제때 학교 못 가는 아이들은

한쪽 어깨가 기울어지도록

온 정신을 다 빼앗긴 채

게임에 몰두하고 있습니다

그런 아이들에게 눈 나빠진다

요놈들아 그만 두드려대라 성화를 해댑니다

아이들도 어른들도 계절을 잊은 채

시간은 곧 떠날 기차 시간과 상관없이 가까워지고

아침 해가

커튼에 드리운 '라이프 이즈 뷰티풀'을 비춥니다

오늘도 어김없이 언젠가는 책을 내고 싶다는

초등학교 2학년 율리의 작은 노래인 시와

찬미의 레모네이드 산문이 톡으로 와 있을 겁니다

바울라울이의 편지도 와 있을 겁니다

이제 떠나야 할 시간

한 잎 두 잎 떨어지는 낙엽처럼

이곳의 추억들이 쌓여

못 부친 가을 편지가 될 것입니다

외가

최세운

어머니는 물탱크에서 발견되었다 그곳은 모든 쥐가 있었다 마을 사람들이 지붕에 불을 놓는다

할머니, 할머니는 안 자고 뭐 해? 실눈을 뜨면 머리맡에서 춤을 추는 할머니 냉장고에 촛불과 부적과 엄마의 영정이 놓였다 실뱀들이 소주 됫병에서 목을 기르고 할머니는 부엌에서 손가락을 찧는다 파리를 죽이면 전구에 불이 들어오니라 문지방에서 할머니의 머리가 자꾸 터진다

감나무에서 삼촌이 눈짓할 때 난 오줌을 싼다 마을 사람들이 삼촌 얼굴에 손전등을 비추고 장대로 그를 끌어당길 때 입꼬리를 계속 올리는 삼촌은 감나무에 걸려 있었다 종종 내 뒤에 서는 삼촌은 내 양쪽 귀에 손바닥을 대고 내 목소리를 낸다 마을 사람들이 삼촌 구두를 불구덩이에 던진다

할아버지의 낫을 주워 숫돌 위에 놓는다 니 엄마는 천하게 컸다 자개장롱에 할아버지 입술이 군데군데 붙어 있다 당신은 냄새가 역했지만 더 많은 쥐를 갖고 싶어 했어 자개장롱에서 백학이 날았고 개천이 흘렀고 주막이

있었는데 가끔 툇마루 밑에서 쥐와 어머니의 손톱이 튀어
나왔다

　　우리는 그리 간단한
　　문풍지가 아니에요

　　장롱 밑에서
　　어머니의 팔이 쏟아진다

오늘 내가 있는 자리

최일화

직장에서 물러나 옛 직장을 멀리 회상하고 있는 자리

혹독한 겨울을 이겨내고 부풀어 오르는 목련꽃 봉오리
를 저만치 내다보고 있는 자리

종달새가 높이 떠 노래 부르던 옛날 풍경을 떠올려 보
고 있는 자리

미투가 회오리바람처럼 몰아치다가 조심스럽게 펜스
룰이 대두되다가

모두 근신하는 분위기가 팽배한 자리

오래된 비리와 권력형 부정축재가 역사의 한 페이지에
자리 잡기 위해

서서히 수면 위로 모습을 드러내고 여전히 세상은 아름
다울 수 있는 자리 성스러울 수 있는 자리

만반의 태세를 갖추고 남북의 지도자가

평화의 집에 마주 앉을 날짜를 기대 반 걱정 반으로 온
국민이 기다리고 있는 자리

북미의 지도자가 마주 앉기 위하여 저만치 대기하고 있
는 자리

해마다 혼인율이 떨어지고 출산율이 반 토막 나고

희망을 가장한 봄이 개나리 울타리 곁으로 한 치의 오
차도 없이 다가오고 있는 자리

적폐청산 정치보복 두 목소리가 자웅을 겨루는 사이

두 전직 대통령이 구치소에 수감되는 역사적인 순간이 생중계되는 광경을 온 국민이 지켜보고 있는 자리

시인도 연출가도 명배우도 대권 후보도 한순간에 맨바닥으로 나가떨어지는 자리

동백꽃이 뚝뚝 피를 흘리며 떨어지는 자리

전쟁이 휩쓸고 간 자리에도 희망은 다시 솟아나고

태풍이 휩쓸고 간 폐허에도 꽃은 다시 피어나고 여전히 아름다울 수 있는 자리

성스러울 수 있는 자리 2018년 3월 13일 내가 있는 자리

아득한 북녘 대륙의 님에게

최자웅

—새벽 정한수 편지

깊은 밤 꼭두새벽에도 잠들지 못하고 눈물로 그리워하면서 주소도 없어 차마 부치지 못하는 편지를 씁니다. 칠흑과 압제의 세월과 서러운 삶 위에, 아스라히 저 너머 닿을 수 없는 거리와 강 건너에 등불처럼 멀리 그대가 계십니다. 삭풍의 겨울밤에도 문풍지 바람처럼 우는 늑대 울음소리, 먼 부엉이 울음소리 가슴을 울리는데 님은 참으로 아득히 멀리 계십니다.

님은 천리 만리 너머에 계십니다. 사랑하는 조국과 고향을 떠나 큰 독수리로 떠돈 지 수 세월, 돌아오실 수 없는 그대가 언제 비로소 내 땅에 돌아오실 수 있으신가요. 때로는 총 들고 원수들과 싸우시며 차가운 대륙 북간도 시베리아 황원을 떠도시며, 안식 없는 길고 긴 세월 그대는 폭풍의 넋으로 떠도시다가 언제 돌아오실까요.

그대, 사랑하는 님이시여.
북만주 대륙 거리 넘고 넘어
비록 소식 가 닿고, 오가지 못하더라도
풍찬노숙 황진만장 북풍한설 속에서도
부디 건강하시고 승리로 살아 돌아만 오셔요.
고단하신 그대, 님 생각에 저도 식구들도

잠자리 따뜻하고 편하게 만들지 못합니다.

깊은 밤 삼경에도 잠들지 못하고

시린 새벽에 깨어 일어나

정한수 떠놓고 님 위해

별빛 달빛 우러르며

간절하고 간절한

기도를 바칩니다.

열일곱 살 여름방학 나는 날마다 편지를 쓴다

우체통 깊숙이 밀어 넣은 무쇠의 주파수, 후회하며
성급한 밤의 발신자가 종일 집배원을 기다린다

기필코 밤의 감정을 회수하고 마는 삼엄한 낮의
파수꾼이 지키는 날들
밤마다 누구에게 무쇠의 편지를 쓰는 것일까

제발 나를 다른 세계로 데려다주셔요 그렇게만 해 준다
면,

아침저녁 변하는 제 감정 하나도 모르면서
언제까지 변치 않을 굳건한 맹세를 써 내려가는 것일까

아침에 읽어 보면 얼굴이 형체 없이 녹아 흐를 듯 부끄
러운
밤들은 모두 어디로 갈까
우체통에서 거두어 온 나른한 오후는 어디로 갈까
밤의 부리들이 심장을 쪼는 그 날카로운 편지들, 어디
에
몰래 숨겨야 할까

발신하지 못한 무르고 흰 쇳조각을 스스로 수신하는 얇은 날들

밤과 낮을 제각기 다른 온도에서 뒤섞으며 울부짖다가

제풀에 지쳐 고요해지기를 반복하는 미완성 울음들

회수하지 않을 한 행의 약속을 얻기 위하여

내 안의 용광로는 얼마나 많은 낱말 조각을 녹여야 할까

얼굴 없는 수신인이 망명한 너머가 사라지고

저녁의 감정과 아침의 감정이 일관성 있게 고요한 날들이 올까

그 아름답고 낯선 날들

한 발도 다른 세계로 떠나지 못하고

불발의 망명자가 되어

얼음이 된 말의 지층을 발굴하며 녹슨 말의 파편들 띄엄띄엄

기록하는 날들이 올 줄

나는 왜 모를까 왜 모른 척하는 것일까

눈먼 손가락이 그 이름을 건드릴 때[01] 최형심

바람 부는 소읍에 다다릅니다. 계절풍에 기울어지는 하얀 빨래들 사이를 걸어갑니다. 빨래 위에 내린 무수한 별들을 툭툭 털면

일요일에 다정하지 않은 남자와 사는 여인이 창밖을 내다봅니다. 당신만 없는 계절에 당신마저 없는 내가 담벼락 아래를 걸어갑니다. 나를 비켜 가는 조용한 창문과 조용한 화분과 레몬빛 전등

낡은 여인숙 숙박계에 낯선 이름을 적고 둥글게 손톱을 깨뭅니다. 겨울만 있는 방에서 한쪽 무릎을 세우고 서쪽에서 오는 이를 기다리다가

국수를 찬물에 말아 먹습니다. 바람의 음률과 바람의 이름과 바람의 불멸을 말하는 밤, 나무도마 위에 달빛이 차게 눕습니다. 슬픈 글자를 읽었고, 지붕을 지나가는 고양이의 꼬리가 약간 검었다고 말해 봅니다.

아침이면 유리 공장에 한 번도 가 본 적 없는 아이가 낯선 침대에서 깨어날 것입니다. 팔 잘린 나뭇가지에 걸린 하얀 셔츠를 만난다면, 종이비행기를 타고 국경을 넘는

아이들의 안부를 물어 주시겠습니까.

　　손가락 사이로 허공이 스미는데, 슬리퍼 한 짝을 잃었습니다. 내가 모르는 내가 잠시 머물다 흘러갑니다.

01 진은영의 시 「주어(主語)」에서

인사

표광소

부질없다, 고 말하면
부질없습니다

헛헛하다, 고 말하면
헛헛합니다

역겹다, 고 말하면
역겹습니다

부질없어도 헛헛해도 역겨워도
맑다, 고 말하면
맑습니다

견딜 만은 하신가요? 오늘 참
맑습니다

가을이 더 쓸쓸해 보이는

표성배

돌아가는 게 아니라
무너뜨리거나 타고 넘는 게
담인 줄 알았던
함께 걷는 것이 아니라
앞서 나아가는 게 길인 줄 알았던
모이기만 하면 목소리 높여
핏대부터 세웠던

조용한 고추잠자리 한 마리
앉을 곳 미리 정해져 있는 게 아니라
앉고 싶은 곳에 날개를 접는 걸 몰랐네
아이들이 늘 사랑의 대상이 아닌 것처럼
어른이 어른다울 때 어른인 것처럼
들녘의 가을이 더 쓸쓸해 보이는
시간 앞에 서 있네

오늘은 누구에게랄 것 없이
문자를 넣어야겠네
점점 겨울을 알아 가는 나이라고
똑같은 하늘만을 보는 게 아니라
각각의 하늘 아래 살아가는 것이라고

뜨거운 열정도 필요하지만

미지근하더라도

식지 않는 게 좋지 않겠냐고

새의 말을 배우러 갔다

피재현

새의 말을 배우러 산에 갔다 새가 너무 많았다 말이 너무 많았다 나무의 말과 돌의 말과 어린 멧돼지의 말이 섞여 새의 말을 골라야 했다 새는 물을 마실 때 말하지 않았고 혼잣말에는 방언이 심했다 각기 다른 종족은 각기 다른 허공을 가졌다 실례를 무릅쓰고 나무에 앉거나 염치 불구하고 벌레집을 털었다 아주 구체적인 개인사는 함구했다 질문이 없는데 말이 많았다 대답과 대답으로만 이어지는 대화 고개를 빳빳이 들고 하늘에다 말하면 나무 편에 바람이 다른 새에게 전해 주는 방식을 선호했다

다음 날은 닭장 앞에서 어제 배운 문장을 연습해 보았다 닭은 공룡의 언어로 대꾸했다

못 부른 노래

한경용

1.

그리운 당신에게 ─본 서류는 집에 보관하고 청사진 한 것을 보내옵니다·

며칠 전에 기다리던 당신 목소릴 듣고 나서 더 마음이 슬슬해지는군요· 당신 오실 날을 손꼬바 기다리다가 또 한 달 이상 늦어지니 그런가 봅니다· 그동안 일본에 오셔서는 무슨일을 격고 계신지 궁금합니다· 만 아무쪼록 몸이나 무사하여 주시면 하고 빌뿐입니다· 당신 아침마다 다리가 수셔서 아프시다던데 약을 꼭 사셔 복용하도록하십시요· 이곳우리들은모두무사합니다· 그리고 상여금은 143,500원 받았습니다· 상여금 받았다해서 쪼끔이라도 낭비 할 여유는 없습니다· 이달은 대학생 2.고등학생 1.중학생의 아이들 교육비교복 하숙비 당신도 아시다싶히 어마어마하계 지출이 되니 깜짝 놀랠 정도입니다 만그러나 걱정하시지 마세요· 아이들 교육비는 보람있는것이오니 밑에 아이들도 좋은 대학교에 진학하계 노력합시다· 저번에 국제 전화하신다고 요금이 많이 나왔지요· 그래도 전화 벨 소리만 들어도 혹시나 당신 인가하고 하고 기다려 져요· 일본에 오셔서 날씨가 추워지면 내복도 사 입으시고 하세요· 여기 내의도 아이들이 크니까 입고 있어요. 봄 잠바도 사 입으시고 돈이 여유가 없으시면 가불

이라도 하여 쓰세요 · 비타민도 사드시고 하세요 · 계도 많
이 주렸지요 · 이마에 흰머리도 많이 낳을 것이고요당신도
하루 빨이 선원 생활 청산하세야 될 탠대 저 마움도 바빠집
니다 · 그렇지만 당장 그만 들수는 없는 일이니까요 · 마음
차분하게 가지시고 모든 일에 명심 하셔서 · 조심조심 하시
면 덕이 있는 것이 옵니다 · 아무쪼록 무사하길을 빌면서
이만 붓을 놉니다 ·

　　1977.2.21 일 낮에 경용모 강정희 올림

　　2.

　　당신이 그리워서 노래를 불러봅니다 · 생각마다 그리
운 그대 모습 훌륭한 내 빛이요 · 사랑하는 그대요 · 그대가
아, 주신 선물 아름다운 내 빛이요 · 고요히 홀로 앉아 자
연을 노래하면 그대가 추억이 아 - 아 - 아 그대가 추억이—

　　1977.08.14 아버지께서는 타이완 카오시웅에서 폭풍
우에 첼린저 호에서 순직하신 후
　　2020.08.10 어머니 영면하시다
　　언제 적어 놓으셨나. 어머니께서 못다 한 노래
　　띄어쓰기 맞춤법 어머니 피와 살 속에 맴돌았던 못다 한
사랑

미처 알아채지 못한 43년

첫눈에 대한 기억

한성희

숲은 숲대로 길은 길대로
손등을 잡아 주는 길손이 있네

소설 지나 흰 꽃들이 바스러지듯
차가운 이마와 서러운 등을 껴안아 주네

어느 것도 추위에 빛나지 않을 것 같은
어둠에서 바닥에서 경배하듯
첫눈이 덮여 있네

내가 앓아눕던 자리에도 가던 길을 멈추고
타들어 갈 듯 반짝이네

따뜻한 아침을 위해 뜨거운 노동을 위해
선연한 꽃을 날려 보내니

한 번쯤 사죄하고 싶은 영혼이여,
나는 공손히 두 손을 받쳐
찬 얼굴에 꽃을 올려 보네

고백하건대 나를 향한 또 하나의 생을

나는 쳐다볼 수가 없네

소리 없이 모든 것들이 경계를 지우고
처음의 기억으로 돌아가는데

누가 창 하나에 불을 켠 채
술병처럼 검은 그림자를 내던지네

초침 소리

한영수

개미가 개미를 민다
개미가 개미를 끌어당긴다

줄을 지어 가고 있다 어딘가를 향하여
물러나고 있는 것 같다

열렬히 까맣다

딴생각하다가 다시 봐도 가고 있는 사하라의 화물 열차
처럼
처음이 없다 끝은 또 어디에 닿았나

밑변에서
밑변으로
들숨과 날숨 사이
어둠 속으로

개미 떼가 수천의 다리가
수만의 가시털이

길을 가고 있다

한번 준 마음을 왕복하고 있다

사라지는 것은 없다

한종근

채칼에 무를 민다
밀 때마다 무는
강판과 채칼의 틈새만큼
닳아 간다
무가 거의 사라질 무렵
손끝의 서늘함에 숨을 멈추면
강판 아래에는
무의 무게만큼 무채가 쌓인다

늦은 나이에 교수가 된 변 선생
구두 뒤축이 닳았다
몸을 쓴 쪽으로 마음 따라
그도 기운다
닳아진 뒤축은
시골집 장독대 옆에 쌓여
정화수와 나란히
흰 민들레로 핀다

마당을 걷는
늙은 엄마의 보폭도 닳아
반 발자국의 길이만큼 줄었다

줄어든 보폭만큼 마당은 넓어져
반 발짝만큼씩
더 오래 볼 수 있다
지팡이로 우물을 만들며 또박또박
저녁놀을 밟다가
영산홍 옆에 쪼그리고 오줌을 눈다

뜨끔한 내 손가락 끝에는
채칼에 썰린 살의 두께만큼
핏방울이 맺힌다

입술, 딸깍

함진원

볕 들지 않아 뒤란 같은 사람 있다
목소리 들은 지 오래 수묵화로 찬바람과 놀고 있다
염소 소리를 내며 중얼거릴 때 만국기처럼
오랜 추억이 눈가에 찾아온다
한때 식솔 건사 잘하고 볕 드는 날 많았다고
입술, 딸깍 열어젖힐 때 목련꽃 가지런하게 피어 있었
다 그런 모습 처음 봐서 숨, 이 철컥거렸다
뒤란으로 숨지 말고 환한 세상과 화해했더라면,
수숫대처럼 후회가 하늘까지 닿아 올랐다
뉘 고르듯이 말하고 있는 그의 손이 사시나무다
뒤란 같던 얼굴 위에 경련이 다가와 앉는다
굼뜬 손 잡고 엇나간 아득한 생을 서리 맞은
측백나무가 삐그덕거리며 겨울밤 건너고 있다.

내가 길가의 돌멩이였을 때

허완

내가 구르던 돌멩이로 길가에 멈춰 있는 것은
오고가는 사람들 발끝에 걷어차였기 때문이리
화풀이 대상으로 선택되었기 때문이리
발끝에 차여 이리저리 구르며 곡예를 하듯
아슬아슬 재주를 넘었기 때문이리

내가 구르던 돌멩이로 재주넘던 돌멩이로
어떤 이의 폭신한 신발 속에 잘못 들어가
길 한복판으로 털려 나왔을 때
자동차 바퀴들이 나를 밟아 버릴까 봐
으르렁으르렁 불도저의 무한궤도가
나를 아주 으스러뜨릴까 봐
지레 겁먹었기 때문이리 콩알만 해졌기 때문이리

내가 구르던 돌멩이로 지금까지
길가의 한자리를 지키고 있는 것은
못된 발끝에 차여 굴러온 나 같은 녀석들에게
말벗이나 되어 주다가 서로 가여워하다가
돌 축대 쌓는 비탈진 어느 집 주인 눈에 띄어
까딱하면 무너질 듯 까딱까딱 움직이는
모난 돌 밑 틈새에 더도 말고 덜도 말고

딱 들어맞는 돌멩이로 간택되길 꿈꾸기 때문이리

내가 무수한 발길에 차이고 또 차였지만
이리저리 길가를 구르던 천덕꾸러기
나 같은 돌멩이 하나 없어 까딱하면
무너질지 모르는 석축(石築)
작은 틈새에 끼어 자리 잡을 수 있다면
나를 걷어찬 발 용서하며 고마워하며
한 오백 년쯤 나는 견디어도 좋으리

살기 좋은 나라

허종열

'한국은 부자'라던 트럼프의 말 맞는가

2020년 9월 15일 미국의 사회발전조사기구[01]는 한국이 전 세계 163개국 중 '살기 좋은 나라' 17위로 6단계 상승했다고 발표했다. 노르웨이가 3년 연속 1위였고 덴마크 핀란드가 뒤를 이었다. 아베의 일본은 10위에서 13위로 밀려났고, 트럼프의 미국은 2018년 25위, 지난해 26위에 이어 올해 28위로 계속 밀려났다.

첫째가 꼴찌 되면서 꼴찌가 첫째 되려나

01 미국 비영리단체인 사회발전조사기구(Social Progress Imperative)는 매년 사회발전지수(SPI: Social Progress Index)를 발표한다.

만남

허형만

내가 숲길을 거닐 때마다
나를 위해 기도하는 참나무
나를 위해 기도하는 멧새
나를 위해 기도하는 풀잎
나를 위해 기도하는 그를 만났다

오늘은 평생을 나와 함께 걸었던
그의 연약한 뒷모습이 안쓰러워
나는 그를 살포시 껴안아 주고는
십자가 앞에 꿇어앉은 그를 일으켜 세워
나의 식탁으로 모시고
보림사 큰스님이 손수 덖어 보낸
우전차를 그에게 대접했다
그는 천천히 차를 마시며
낯설지 않은 듯 나에게 미소를 보냈다

너무도 멀고 너무도 가까웠던
나와 그는
참으로 오랜 시간의 숲길에서
서로를 향해 걷고 있음을 알았다

닿고 싶다

홍관희

네게로 가서 너에게 닿고 싶다
네 마음이 오는 한길을 따라
아쉬운 내 인생이 줄지어 간다
너를 그리는 시간의 깊이만큼
네게로 가는 산 너머 노을이 깊다
우리는 서로를 소유하지는 않지만
우리는 서로에게 가서 닿을 수 있다.

부치지 못한 편지

—고 송수권 선생님께

물이 흘러가는 것을 바라보고 있습니다
물 위에 쓴 누군가의 편지에서 빠져나온 글자들이
뒤집어지며, 젖혀지며
빨리, 혹은 생각에 걸린 듯 천천히 지나가고 있습니다
물의 세계에도 평균율이 있을까요
흐르는 것의 속도를 따라
마음도 흐릅니다

　저는 선사시대 퇴적층으로부터 누설되어 지금 얼굴로
겨우 살아가는 것 같다는 말씀을 언젠가 선생님께 드렸습
니다.
　몇백만 년 전 선사인류에게서 떨어진 먼지들이 대기 속
에 떠돌며 지금 나의 호흡과 엉키고 있는 것 같다는
　나는 태어나면서부터 거듭 닳고 있는 것 아니냐는 의혹
을 불안스레 전했습니다
　미약한 뿌리에 대한 불안으로 문득문득 쓸쓸했던 마음
을 부끄러워할 때 선생님께서는 겁내지 말라고 하셨지요
　일면식도 없는 선생님 손편지를 받고 아버지 없이 자란
제가 순간 울컥했음을 아실는지요
　두려움에서 벗어나 정진할 것을 다짐했지만 첫 시집을
내고 저의 시들은 응축되지 못한 채 점점 흩어졌습니다

지금 저는 어디로 흘러가고 있는 걸까요

간혹 쓰는 시마다 '중심'을, 떠올렸지만, 이내 심주(心柱)가 흔들렸습니다

"쉽게 써진 시가 좋은 시 아니겠냐"는 말씀에 마음 밑바닥을 오래 응시했습니다만, 죽은 언어만 갖고 씨름하다 가을 들녘 풀처럼 스러지는 나날이었습니다.

모두가 죽어 가고 있습니다

주변에서 낡은 수레바퀴 굴러가는 소리들이 자욱합니다

그 와중에 시는 살 수 있을까요?

시도 죽음을 향해 가고 있는 것 아닐까요?

저는 계속해서 시인이 될 수 있을까요?

물이 흘러갑니다

물 위로 구름도 흘러갑니다

제가 쓴 편지들이 구름에 기댄 채 서쪽으로 흘러갑니다

서쪽에는 한 번도 만나지 못한 당신이 계십니다

나무야

나무야, 비에 걸린 달이란다
빗소리를 들려줄게

꿈속으로 달려가 아이를 부르면
꿈 밖으로 나온 아이는 수리수리 마하수리
수리산에서 뛰어놀지
나무와 나무 사이
기다란 네가 자꾸만 길게 숨어
아이는 재밌단다

꼬리가 보일라 수리수리 머리가 보일라 마하수리
나무를 뒤쫓는 아이의 메아리

네 동무는 솜물고기
공중으로 날아오르려 헤엄을 친다
흙길을 돌아 나온 너
길을 마중 나온 검은 안경 쓴 풍선인형
앞을 모른다며 눈을 속인다
마음을 속인다
차갑고 무거워서 어둡고 무서워서
너를 데려갈 하늘 길은

멀고도 멀구나

나무야, 달에 걸린 비란다
빗소리가 들리니

하지 오후의 안부

황희수

입술과 꽃잎 서넛 헝클어진
오후의 침상
한품에 안긴 살결로
그녀는 독기 오르는 여름 숲이 두렵다고 말했다

서로의 교차점을 관통한 음울과
스물다섯 독기의 농도 묽어진
하지 오후 다섯 시,
쪽창으로 분무된 빛의 입자는
운명을 타전하는 영혼의 파편 되어
희미해지는 살결에 스몄다
사랑을 하면 매 순간 죽지 싶다

긴 낮과 짧은 자각
긴 잠과 짧은 눈뜸 사이
직진하는 생의 분투 사이
서로의 운명이 되는 만남의 직조
신성한 의례처럼 종일 마주하며
해거름까지 서로를 공명하는 살과 살,
서로를 휘감는 착시의 열애는
자귀나무 꽃잎처럼 적멸했다

빛과 어둠이 만나는 어귀
폐허의 한 페이지 우물거린다
짙어 가는 산 그림자 아래
언제 죽어도 여한이 없다며
하지 오후, 지금의 내가
오래전 그녀에게 안부를 전한다.

필자 약력

강민숙

1991년 《문학과 의식》 등단, 시집 『꽃은 바람을 탓하지 않는다』 『둥지는 없다』. kmsh1617@naver.com

강민영

2015년 《내일을 여는 작가》 등단, 『아무도 달이 계속 자란다고 생각 안 하지』. minyoung2839@hanmail.net

강병철

1983년 《삶의 문학》 등단, 시집 『유년일기』 『하이에나는 썩은 고기를 찾는다』. kbc5701@hanmail.net

강수경

2018년 《미래시학》 등단, 시집 『어제 비가 내렸기 때문입니다』. kkisskk@naver.com

강순

1998년 《현대문학》 등단, 시집 『이십 대에는 각시붕어가 산다』 『즐거운 오렌지가 되는 법』. suwonism@naver.com

강애나

2005년 《순수문학》 등단, 시집 『오아시스는 말라가다』 『밤별마중』. kwanganna@hanmail.net

강영환

1977년 동아일보 등단, 시집 『붉은 색들』 『술과 함께』. ebond@hanmail.net

강윤미

2010년 문화일보 등단. orum248@daum.net

강정이

2004년 《애지》 등단, 시집 『꽃똥』 『난장이꽃』. kangjungii@hanmail.net

고운기

1983년 동아일보 등단, 시집 『밀물 드는 가을 저녁 무렵』 『어쩌다 침착하게 예쁜 한국어』. poetko@daum.net

고찬규

1998년 《문학사상》 등단, 시집 『숲을 떠메고 간 새들의 푸른 어깨』 『평퐁평퐁』. goodhaeto@hanmail.net

공광규

1986년 《동서문학》 등단, 시집 『담장을 허물다』 『서사시 금강산』. kkkong60@daum.net

곽구영

1974년 《현대시학》 등단, 시집 『햇살 속에서 오줌 누는 일이 이토록 즐겁다니』. wd902@naver.com

곽동희

2019년 《한국작가》 등단, 시집 『유효기간』(공저) 『한가위엔 연어가 된다』(공저). poem3@daum.net

권성은

2017년 무등일보 등단. psyche1960@hanmail.net

권지영

2015년 《리토피아》 등단, 시집『누군가 두고 간 슬픔』『아름다워서 슬픈 말들』 adami2@naver.com

권태주

1993년 충청일보 등단, 시집『그리운 것들은 모두 한 방향만 바라보고 있다』『사라진 것들은 다시 돌아오지 않는다』 thftnv@korea.kr

권혁소

1984년 《시인》 등단, 시집『論介가 살아온다면』『우리가 너무 가엾다』 eches@hanmail.net

권혁재

2004년 서울신문 등단, 시집『안경을 흘리다』『당신에게는 이르지 못했다』 doctor-khj@hanmail.net

권현형

1995년 《시와시학》 등단, 시집『밥이나 먹자, 꽃아』『포옹의 방식』 poettree7@daum.net

권화빈

2001년 《작가정신》 등단, 시집『오후 세 시의 하늘』 music0617@hanmail.net

김경희

2010년 《사람의 문학》 등단. duddkkr@hanmail.net

김광렬

1988년 《창작과 비평》 등단, 시집『가을의 詩』『내일은 무지개』 kkl210@hanmail.net

김균탁

2019년 《시와 세계》 등단. whould@naver.com

김동환

1992년 시집 『사막』 등단, 시집 『거부하지 못하는 자의 슬픔』 『먼 길을』. dhkimpt@hanmail.net

김두녀

1994년 《해평시》 등단, 시집 『빛의 정(釘)에 맞다』 『꽃에게 묻다』. doonye@hanmail.net

김두례

2019년 《시와 문화》 등단. k1004you@naver.com

김명기

2005년 《시평》 등단, 시집 『북평장날 만난 체 게바라』 『종점식당』. poet1969@daum.net

김명지

2010년 《시선》 등단, 시집 『세상 모든 사랑은 붉어라』. tnstn65@hanmail.net

김석주

1986년 《시의 길》 등단, 시집 『함성』 『망부석』. namhe55@hanmail.net

김송포

2013년 《시문학》 등단, 시집 『부탁해요 곡절 씨』. cats108@hanmail.net

김수목

2000년 《문학과창작》 등단, 시집 『나이테의 향기』 『슬픔계량사전』.
kimsumok@hanmail.net

김수열

1982년 《실천문학》 등단, 시집 『빙의』 『물에서 온 편지』.
kimsy910@naver.com

김수우

1995년 《시와시학》 등단, 시집 『붉은 사하라』 『몰락경전』.
soowoo59@daum.net

김시언

2013년 《시인세계》 등단, 시집 『도끼밥』. ich2182@hanmail.net

김양희

2004년 《시를 사랑하는 사람들》 등단, 시집 『서귀포 남주서점』 『나
의 구린새끼 골목』. bibalikim@hanmail.net

김영언

1989년 《교사문학》 등단, 시집 『아무도 주워 가지 않는 세월』 『집
없는 시대의 자화상』. hanripo@hanmail.net

김완수

2015년 광남일보 등단, 시집 『꿈꾸는 드러머』. 4topia@naver.com

김요아킴

2003년 《시의 나라》 등단, 시집 『그녀의 시모노세끼항』 『공중부양
사』. kjhchds@hanmail.net

김유철

2008년 《경남작가》 등단, 시집 『천개의 바람』 『그대였나요』.
sk0770@hanmail.net

김윤배

1986년 《세계의 문학》 등단, 시집 『굴욕은 아름답다』 『부론에서 길
을 잃다』. baelon@hanmail.net

김윤호

1991년 《현대문학》 등단, 시집 『화산』 『어머니』. ourkyh@hanmail.
net

김윤환

1989년 《실천문학》 등단, 시집 『까띠뿌난에서 만난 예수』 『이름의
풍장』. poemreview@hanmail.net

김은경

2000년 《실천문학》 등단, 시집 『불량 젤리』 『우리는 매일 헤어지는
중입니다』. choroc4484@daum.net

김은령

1998년 《불교문예》 등단, 시집 『차경』 『잠시 위탁했다』. er803@
hanmail.net

김은옥

2015년 《시와 문화》 등단. indienk@hanmail.net

김은주

2009년 동아일보 등단, 시집 『희치희치』. leenaan@naver.com

김이하

1989년 《동양문학》 등단, 시집 『눈물에 금이 갔다』 『그냥, 그래』.
yiha59@gmail.com

김일하

2007년 《사람의 문학》 등단. foolishkih@hanmail.net

김자현

1994년 《문학과 의식》 등단, 시집 『화살과 달』 『앞치마를 두른 당나귀』. heajoe@hanmail.net

김재석

1990년 《세계의 문학》 등단, 시집 『체 게바라 양말』 『까마귀』.
crow4u@hanmail.net

김재홍

2003년 중앙일보 등단, 시집 『메히아』 『다큐멘터리의 눈』.
kimjhs0007@gmail.com

김정원

2006년 《애지》 등단, 시집 『국수는 내가 살게』 『마음에 새긴 비문』.
moowi21@hanmail.net

김정호

2002년 《시의 나라》 등단, 시집 『상처 아닌 꽃은 없다』 『싱크홀』.
kjho1411@hanmail.net

김종숙

2007년 《사람의 깊이》 등단, 시집 『동백꽃 편지』. chambegonia@gmail.com

김종원

1986년 무크지 《시인》 4집 등단, 시집 『흐르는 것은 아름답다』 『새벽, 7번 국도를 따라가다』. jwon1913@nate.com

김지란

2016년 《시와 문화》 등단, 시집 『가막만 여자』. kcn1014@naver.com

김지윤

2006년 《문학사상》 등단, 시집 『수인반점 왕선생』. sincethen@naver.com

김진규

2014년 한국일보 등단. jingyu321@gmail.com

김진문

1985년 무크지 《지붕 없는 가게》 등단. kim7095@chol.com

김창규

1984년 《분단시대》 등단, 시집 『푸른 벌판』 『그대 진달래꽃 가슴속 깊이 물들면』. gyu33@hanmail.net

김홍주

1989년 《시와 비평》 등단, 시집 『시인의 바늘』 『흙벽치기』. khj00006@hanmail.net

김황흠

2008년 《작가》 등단, 시집 『숫눈』 『건너가는 시간』. ghkdgma@hanmail.net

나금숙

2000년 《현대시학》 등단, 시집 『레일라 바래다주기』. nnn2051@naver.com

나병춘

1994년 《시와시학》 등단, 시집 『자작나무 피아노』『새가 되는 연습』. namuwa33@hanmail.net

나정욱

1990년 《한민족문학》 등단, 시집 『며칠 전에 써 두었던 내 문장에서 힘을 얻는다』『눈물 너머에 시(詩)의 바다가 있다』. nhapooh@daum.net

남효선

1989년 《문학사상》 등단, 시집 『둘게삼』『꽈리를 불다』. nulcheon@newspim.com

도순태

2009년 국제신문 등단, 시집 『난쟁이 행성』. sehi-sehi@hanmail.net

라윤영

2014년 《시선》 등단, 시집 『어떤 입술』『둥근 이름』. ryy1127@hanmail.net

류경희

2004년 《시와 세계》 등단, 시집 『내가 침묵이었을 때』『ink garden』. preafrica@hanmail.net

문계봉

1995년 《실천문학》 등단, 시집 『너무 늦은 연서』. freebird386@daum.net

문창갑

1989년 《문학정신》 등단. 시집 『빈집 하나 등에 지고』 『코뿔소』. mcg56@hanmail.net

박구경

1996년 《문예사조》 등단, 시집 『국수를 닮은 이야기』 『외딴 저 집은 둥글다』. omak0604@naver.com

박남준

1984년 《시인》 등단, 시집 『중독자』 『적막』. poem57joon@gmail.com

박남희

1996년 경인일보 등단, 시집 『폐차장 근처』 『아득한 사랑의 거리였을까』. nhpk528@hanmail.net

박노식

2015년 《유심》 등단, 시집 『고개 숙인 모든 것』 『시인은 외톨이처럼』. pns62@hanmail.net

박두규

1985년 《남민시》 등단, 시집 『가여운 나를 위로하다』 『두텁나루숲, 그대』. girisan1@hanmail.net

박몽구

1977년 《대화》 등단, 『칼국수 이어폰』 『황학동 키드의 환생』. poetpak@nate.com

박미경

2006년 《정신과 표현》 등단, 시집 『슬픔이 있는 모서리』 『밤이면 거꾸로 돌아오는 흰 길』. miorange55@naver.com

박병성

2015년 《농민문학》 등단. alchamins@hanmail.net

박상봉

1981년 《시문학》 등단, 시집 『카페 물땡땡』. psbbong@hanmail.net

박석준

2008년 《문학마당》 등단, 시집 『카페, 가난한 비』 『시간의 색깔은 자신이 지향하는 빛깔로 간다』. poorrain@hanmail.net

박설희

2003년 《실천문학》 등단, 시집 『쪽문으로 드나드는 구름』 『꽃은 바퀴다』. shpak30@hanmail.net

박성한

2000년 《작가들》 등단. khman21@hanmail.net

박세영

2019년 《시와 문화》 등단, 시집 『날개 달린 청진기』 『바람이 흐른다』. psy6749@hanmail.net

박소영

2008년 《시로 여는 세상》 등단, 시집 『나날의 그물을 꿰매다』 『사과의 아침』. pk7533@hanmail.net

박소원

2004년 《문학선》 등단, 시집 『슬픔만큼 따뜻한 기억이 있을까』 『취호공원에서 쓴 엽서』. jung4980@hanmail.net

박송이

2011년 한국일보 등단, 시집 『조용한 심장』. baboya5001@hanmail.net

박원희

1995년 《한민족문학》 등단, 시집 『아버지의 귀』 『몸짓』. idenv@daum.net

박은주

2012년 《사람의 문학》 등단, 시집 『귀하고 아득하고 깊은』. qwea0626@hanmail.net

박이정

2006년 《다층》 등단, 시집 『나비를 이루는 말들』. poemlake@hanmail.net

박일만

2005년 《현대시》 등단, 시집 『뼈의 속도』 『뿌리도 가끔 날고 싶다』. sizaca@naver.com

박정원

1998년 《시문학》 등단, 시집 『고드름』 『꽃불』. jarpar@hanmail.net

박주하

1996년 《불교문예》 등단, 시집 『항생제를 먹은 오후』 『숨은 연못』.
feelro67@hanmail.net

박철영

2002년 《현대시문학》 등단, 시집 『비 오는 날이면 빗방울로 다시
일어서고 싶다』 『월선리의 달』. psteelp@hanmail.net

박홍순

2011년 《심문학》 등단, 시집 『내 트렁크에는 무엇이 들어 있나』
『장다리꽃』. phs172@hanmail.net

배재경

2003년 《시인》 등단, 시집 『절망은 빵처럼 부풀고』 『그는 그 방에
서 천년을 살았다』. seepoet@hanmail.net

배창환

1981년 《세계의 문학》 등단, 시집 『겨울 가야산』 『별들의 고향에
다녀오다』. poetbch@hanmail.net

백남이

2002년 시집 『사랑은 없다, 기다리기로 하자』 등단. coise-63@
hanmail.net

봉윤숙

2015년 강원일보 등단, 시집 『꽃 앞의 계절』. yssywo@naver.com

서수찬

1989년 《노동해방문학》 등단, 시집 『시금치 학교』. soochan0414@
hanmail.net

서정화

2018년 《서정시학》 등단, 시집 『서이치에 기대다』『나무 무덤』.
femina1904@naver.com

석연경

2013년 《시와 문화》 등단, 시집 『독수리의 날들』『섬광, 쇄빙선』.
wuju0219@naver.com

성두현

1995년 《시세계》 등단, 시집 『봄빛도 아픔이 되는 연한 순』.
sdh2061@naver.com

성선경

1988년 한국일보 등단, 시집 『네가 청둥오리였을 때 나는 무엇이었
을까』『장수하늘소』. sunkung11@hanmail.net

손인식

2005년 《시를 사랑하는 사람들》 등단, 시집 『갈대꽃』. cephasshon@
hanmail.net

송은숙

2004년 《시를 사랑하는 사람들》 등단, 시집 『돌 속의 물고기』『얼음
의 역사』. song0523@daum.net

송진

1999년 《다층》 등단, 시집 『지옥에 다녀오다』『미장센』. filllove123@
hanmail.net

신남영

2013년 《문학들》 등단, 시집 『물 위의 현(弦)』. woodway01@
hanmail.net

신세훈

1962년 조선일보 등단, 시집 『사미인곡』『뿌리들의 하늘』. freelit@
hanmail.net

신언관

2015년 《시와 문화》 등단, 시집 『그곳 아우내강의 노을』『낟알의
숨』. gus-nam@hanmail.net

신준영

2020년 《실천문학》 등단. 5longgole@hanmail.net

신현수

1985년 《시와 의식》 등단, 시집 『서산 가는 길』『천국의 하루』.
hanishin@hanmail.net

심우기

2011년 《시문학》 등단, 시집 『검은 꽃을 보는 열세 가지 방법』『밀
사』. enets2002@naver.com

안명옥

2002년 《시와시학》 등단, 시집 『뜨거운 자작나무숲』『달콤한 호
흡』. reportkr@naver.com

안익수

1972년 독서신문 등단, 시집 『바람은 갈대를 꺾지 않는다』『꽃과
바람의 수수께끼』. 3munhak@hanmail.net

안학수

1993년 대전일보 등단, 시집『아주 특별한 손님』『낙지네 개흙 잔치』. add31202@hanmail.net

오광석

2014년《문예바다》등단, 시집『이계견문록』. oks2237@hanmail.net

오영자

2011년《시선》등단, 시집『푸른 시절 안에 눕다』. ant0811kr@hanmail.net

오인덕

시집『여기가 그대 숲이라 치고』『인간의 마을』. idhouse1320@hanmail.net

오하룡

1975년 시집『母鄕』등단, 시집『잡초의 생각으로도』『몽상과 현실 사이』. gnbook@daum.net

온형근

1997년《오늘의 문학》등단, 시집『고라니 고속도로』『천년의 숲에 서 있었네』. ohnmalgm@naver.com

우동식

2009년《정신과 표현》등단, 시집『바람평설』『겨울, 은행나무의 발묵법』. debtors77@hanmail.net

유강희

1987년 서울신문 등단, 시집 『고백이 참 희망적이네』『오리막』.
dochaebi@empas.com

유순덕

2013년 《열린시학》 등단, 시집 『구부러진 햇살을 보다』.
sdyoo2488@hanmail.net

유용주

1991년 《창작과 비평》 등단, 시집 『낙엽』『어머이도 저렇게 울었을
것이다』. sinmusan@daum.net

유진택

1996년 《문학과 사회》 등단, 시집 『환한 꽃의 상처』『염소와 꽃잎』.
yjt_poet@hanmail.net

유현숙

2001년 동양일보 등단, 시집 『서해와 동침하다』『외치의 혀』.
wishyhs@naver.com

육근상

1991년 《삶의 문학》 등단, 시집 『만개』『우술필담』. yookism@
cmcdj.or.kr

윤석홍

1987년 《분단시대》 등단, 시집 『저무는 산은 아름답다』『경주 남산
에 가면 신라가 보인다』. himal21@daum.net

윤인구

2007년 시집 『풋사과의 방에는 식구가 많다』 등단, 시집 『어느 날 자정 무렵에 던지는 우문』『일요일은 축복처럼 국수를 먹자』. yik4647@hanmail.net

이기순

1982년 《현대시학》 등단, 시집 『강물처럼』. nangsan51@hanmail.net

이다빈

1996년 《현대경영》 등단, 시집 『문 하나 열면』. geuldongne@naver.com

이도영

시집 『그 수락산』. gate5200@naver.com

이명윤

2006년 '전태일문학상' 등단, 시집 『수화기 속의 여자』『수제비 먹으러 가자는 말』. dalsunee@korea.kr

이문복

2005년 《작가마당》 등단, 시집 『사랑의 마키아벨리즘』. anak52@hanmail.net

이문숙

1991년 《현대시학》 등단, 시집 『한 발짝을 옮기는 동안』『무릎이 무르팍이 되기까지』. silmoon58@naver.com

이민숙

1998년 《사람의 깊이》 등단, 시집 『동그라미, 기어이 동그랗다』 『지금 이 순간』. 123lms@hanmail.net

이병룡

2005년 《자유문예》 등단, 시집 『궁녀 발자국』 『외숙모』. maytechkorea@daum.net

이복현

1994년 중앙일보 등단, 시집 『따뜻한 사랑 한 그릇』 『슬픔도 꽃이 되어 저 환한 햇빛 속에』. poemtop@hanmail.net

이봉환

1988년 《녹두꽃》 등단, 시집 『웅강』 『밀물결 오시듯』. bongha3@hanmail.net

이상국

1976년 《심상》 등단, 시집 『어느 농사꾼의 별에서』 『달은 아직 그 달이다』. bawoo8586@hanmail.net

이선

1999년 충청일보 등단, 시집 『밥 두 시 십 분쯤』. sunny5294@hanmail.net

이소암

2000년 《자유문학》 등단, 시집 『눈부시다 그 꽃』 『부르고 싶은 이름 있거든』. lsa6246@hanmail.net

이소율

2012년 《시와 문화》 등단, 시집 『익명적 중얼거림』. siltarae2@
naver.com

이송우

2018년 《시작》 등단. pennink21@naver.com

이숙희

1986년 《한국여성시》 등단, 시집 『옥수수밭 옆집』 『바라보다』.
sh01828@nate.com

이영춘

1976년 《월간문학》 등단, 시집 『시간의 옆구리』 『노자의 무덤을 가
다』. lycart@hanmail.net

이원준

1991년 《현대시세계》 등단. jjun63@naver.com

이윤

2011년 창조문학신문 등단, 시집 『무심코 나팔꽃』 『혜윰 가는 길』.
poem431@hanmail.net

이정록

1993년 동아일보 등단, 시집 『동심언어사전』 『눈에 넣어도 아프지
않은 것들의 목록』. mojiran@hanmail.net

이정섭

2005년 《문학마당》 등단, 시집 『유령들의 저녁 식사』 『유령들』.
jjugurii@hanmail.net

이주희

2007년 《시평》 등단, 시집 『마당 깊은 꽃집』. poesytree@hanmail.
net

이지호

2011년 《창작과 비평》 등단, 시집 『말끝에 매달린 심장』.
bunsmile@naver.com

이철경

2012년 《발견》 등단, 시집 『단 한 명뿐인 세상의 모든 그녀』 『한정
판 인생』. 02707802@naver.com

이하

1995년 《오늘의 문학》 등단, 시집 『하늘도 그늘이 필요해』 『86억
명이 탄생시킨 존재』. mslee@kduniv.ac.kr

이해리

2003년 '평사리문학대상' 등단, 『철새는 그리움의 힘으로 날아간
다』 『감잎에 쓰다』. seavillage7@hanmail.net

이호석

2018년 《문예바다》 등단. hoseak76@naver.com

임곤택

2004년 불교신문 등단, 시집 『지상의 하루』 『너는 나와 모르는 저
녁』. philiplim@naver.com

임내영

2014년 《한국미소문학》 등단, 시집 『눈물의 농도』 『우산을 버리는
습성』. lny3000@naver.com

임백령

2016년 《월간문학》 등단, 시집 『거대한 트리』『사상으로 피는 꽃 이념으로 크는 나무가 어디 있더냐』. gulbong@naver.com

장문석

1990년 《한민족문학》 등단, 시집 『꽃 찾으러 간다』『내 사랑 도미니카』. cms56@hanmail.net

장세현

1991년 시집 『거리에서 부르는 사랑노래』. 38ddarazi@hanmail.net

장옥근

2013년 《시와 경계》 등단, 시집 『눈 많은 그늘 나비처럼』. sumji0103@hanmail.net

장유리

1999년 《시와 생명》 등단. sealine9@naver.com

장유정

2013년 경인일보 등단, 시집 『그늘이 말을 걸다』. yyjung61@naver.com

장이엽

2009년 《애지》 등단, 시집 『삐뚤어질 테다』. ra-pin@hanmail.net

장재원

2008년 《리토피아》 등단, 시집 『뫼비우스 자서전』『왕버들나무, 그 여자』. skanclsrn@hanmail.net

전영관

2011년 《작가세계》 등단, 시집 『슬픔도 태도가 된다』 『부르면 제일 먼저 돌아보는』 ykkjeon@hanmail.net

정기석

2016년 《시와 경계》 등단, 시집 『고고인류학개론 개정증보판』 tourmali@hanmail.net

정대호

1984년 《분단시대》 등단, 시집 『다시 봄을 위하여』 『가끔은 길이 없어도 가야 할 때가 있다』 wjdeo4@hanmail.net

정동철

2006년 광주일보 등단, 시집 『나타났다』 sonagiii0523@gmail.com

정민나

1998년 《현대시학》 등단, 시집 『E, 입국장 12번 출구』 『협상의 즐거움』 minna0926@naver.com

정선호

2001년 경남신문 등단, 시집 『세온도를 그리다』 『번함공원에서 점을 보다』 sshish@hanmail.net

정성태

1991년 《상실과 반전》 등단, 시집 『저기 우는 것은 낙엽이 아니다』 jst0104@hanmail.net

정세훈

1989년 《노동해방문학》 등단, 시집 『맑은 하늘을 보면』 『몸의 중심』 borihanal@hanmail.net

정영주

1999년 서울신문 등단, 시집 『말향고래』 『통로는 내일모레야』.
mukho2@hanmail.net

정영훈

1992년 '교육문예창작회' 신작 시집 등단. jyhkjmn@naver.com

정완희

2005년 《작가마당》 등단, 시집 『장항선 열차를 타고』 『붉은 수숫
대』. jwh9018@hanmail.net

정지윤

2015년 경상일보 등단. jmk4033@naver.com

정하선

1993년 무등일보 등단, 시집 『꼬리 없는 소』 『우리 이제 그만 패배
하기로 하자』. jic6253@hanmail.net

조규남

2012년 농민신문 등단, 시집 『연두는 모른다』. queencho815@
naver.com

조길성

2006년 《창작21》 등단, 시집 『징검다리 건너』 『나는 보리밭으로 갈
것이다』. blackbear0@naver.com

조성순

2004년 《녹색평론》 등단, 시집 『목침』 『가자미식해를 기다리는 동
안』. nakedbeing@naver.com

조숙

2000년 경남신문 등단, 시집 『금니』『유쾌하다』. sookcho05@
naver.com

조영욱

1999년 《문학 21》 등단, 시집 『내 시는 시가 아니어도 좋다』.
bijonara@hanmail.net

조율

2007년 '윤동주 시문학상' 등단, 시집 『우산은 오는데 비는 없고』.
metaphorull@hanmail.net

조재도

1985년 《민중 교육》 등단, 시집 『좋은 날에 우는 사람』『좋으니까
그런다』. mvwhwoeh@hanmail.net

조정

2000년 한국일보 등단, 시집 『이발소 그림처럼』. orengrium@
naver.com

조정애

1990년 《문학공간》 등단, 『내가 만든 허수아비』『슬픔에도 언니
가 있다』. hyesol57@naver.com

조철규

1980년 불교신문 등단, 시집 『가난한 행복』. ccgo50@hanmail.
net

조해훈

1987년 《오늘의 문학》 등단, 시집 『내가 낸 산길』. massjo@ hanmail.net

조현설

1991년 《한길문학》 등단, 시집 『꽃씨 뿌리는 사람』. mytos21@ hanmail.net

종정순

2016년 《시인동네》 등단, 시집 『뱀의 가족사』. isel-bi@hanmail.net

주석희

2013년 《포엠포엠》 등단, 시집 『이타적 언어』. kimpojooin@ hanmail.net

주선미

2017년 《시와 문화》 등단, 시집 『일몰, 와온 바다에서』 『통증의 발원』. js3373@hanmail.net

주영국

2004년 '전태일문학상' 등단, 시집 『새점을 치는 저녁』. joopoem@ hanmail.net

차옥혜

1984년 《한국문학》 등단, 시집 『깊고 먼 그 이름』 『씨앗의 노래』. okhye09@naver.com

채상근

1985년 《시인》 등단, 시집 『거기 서 있는 사람 누구요』 『사람이나 꽃이나』. gilgangsan@gmail.com

천금순

1990년 《동양문학》 등단, 시집 『두물머리에서』 『아코디언 민박집』.
cgspoet@hanmail.net

최세운

2014년 《현대시》 등단. blackkimera@hanmail.net

최일화

1985년 시집 『우리 사랑이 成熟하는 날까지』 등단, 시집 『시간의
빛깔』 『마지막 리허설』. choiihlwha@hanmail.net

최자웅

1983년 시집 『그대여 이 슬프고 어두운 예토에서』 등단, 시집 『겨
울 늑대』. fernstern@hanmail.net

최정란

2003년 국제신문 등단, 시집 『장미키스』 『사슴목발애인』. cjr105@
hanmail.net

최형심

2008년 《현대시》 등단. ir48@daum.net

표광소

1991년 《노동해방문학》 등단, 시집 『지리산의 달빛』. jayul@naver.
com

표성배

1995년 '마창노련문학상' 등단, 시집 『자갈자갈』 『은근히 즐거운』.
p-rorxh@hanmail.net

피재현

1999년 《사람의 문학》 등단, 시집 『우는 시간』 『원더우먼 윤채선』. ppppp2001@hanmail.net

한경용

2010년 《시에》 등단, 시집 『빈센트의 만찬』 『넘다, 여성 시인 백년 100인보』. cris_han@hanmail.net

한성희

2009년 《시평》 등단, 시집 『푸른숲우체국장』 『나는 당신 몸에 숨는 다』. poethsh@naver.com

한영수

2010년 《서정시학》 등단, 시집 『꽃의 좌표』 『눈송이에 방을 들였 다』. youngyoungh@hanmail.net

한종근

2020년 《시와 문화》 등단. hanjg2840@hanmail.net

함진원

1995년 무등일보 등단, 시집 『인적 드문 숲길은 시작되었네』 『푸성 귀 한 잎 집으로 가고 있다』. hjw4273@hanmail.net

허완

1994년 《황해문화》 등단, 시집 『황둔 가는 길』. waneeh@naver.com

허종열

2010년 《시선》 등단, 시집 『시로 쓰는 반성문』 『데리고 가요』. ignahur@hanmail.net

허형만

1973년 《월간문학》 등단, 시집 『바람칼』 『음성』. hhmpoet@hanmail.net

홍관희

1982년 《한국시학》 등단, 시집 『그대 가슴 부르고 싶다』 『홀로 무엇을 하리』. hongsiin35@daum.net

홍순영

2011년 《시인동네》 등단, 시집 『우산을 새라고 불러보는 정류장의 오후』 『오늘까지만 함께 걸어갈』. ydaniel2@hanmail.net

황은주

2012년 '중앙신인문학상' 등단, 시집 『그 애가 울까봐』. sotguihyun@hanmail.net

황희수

2013년 《시와 문화》 등단. 시집 『나에게로 가는 먼 길』. hsm0037@naver.com

못 부친 편지

출간일	2021년 2월 20일
펴낸이	2020 한국작가회의 시분과위원회
지은이	이상국 외
기획·진행	이정록 김은경
디자인·인쇄	도서출판 걷는사람
주소	서울 마포구 월드컵로16길 51 서교자이빌 304호
e-mail	walker2017@naver.com
ISBN	979-11-91262-22-3